나는 안드로메다로 가겠다

마이노리티시선 46

나는 안드로메다로 가겠다

지은이 문영규
펴낸이 조정환
책임운영 신은주
편집부 김정연
홍보 김하은
프리뷰 표광소

펴낸곳 도서출판 갈무리 등록일 1994. 3. 3. 등록번호 제17-0161호
인쇄 2016년 9월 29일 발행 2016년 10월 9일
종이 화인페이퍼 인쇄 예원프린팅 라미네이팅 금성산업 제본 일진제책

주소 서울 마포구 동교로 18길 9-13 [서교동 464-56]
전화 02-325-1485 팩스 02-325-1407
website http://galmuri.co.kr e-mail galmuri94@gmail.com

ISBN 978-89-6195-144-9 04810 / 978-89-86114-26-3 (세트)

값 9,000원

이 도서의 국립중앙도서관 출판시도서목록(CIP)은 서지정보유통지원시스템 홈페이지(http://seoji.nl.go.kr)와 국가자료공동목록시스템(http://www.nl.go.kr/kolisnet)에서 이용하실 수 있습니다. (CIP 제어번호 : CIP2016022341)

나는 안드로메다로 가겠다

문영규 유고 시집

갈무리

시인의 말

아무것도 볼 게 없다고 말해 놓고
그 말 하고 연꽃들에게
얼마나 미안하든지
생각해 보니
연꽃만 아니라
나는 모든 걸 눈으로만 본 것을
비로소 알게 된 것인데
귀로만 들었던 것을
가까스로 알게 된 것인데

눈으로 본 곳은 본 것이 아님을
귀로 들은 것은 들은 게 아님을
알게 된 것인데

—「연꽃 논에 와서」 부분

차례

2부 입원실에서

3부 주유소 일기

4부 분해

5부 시인의 시 세계

문영규 시인의 유고 시집을 내며

지금도 전화를 하면 금방이라도 달려와 환하게 웃으며 술잔을 부딪칠 것 같고, 열정을 토하던 그 목소리는 아직도 귀에 생생한데, 시인이 우리 곁을 떠난 지 벌써 1년이란 세월이 흘렀습니다. 어디서나 누구에게나 다정다감하고, 순하고 열정적인 삶을 살았던 그이가 세상을 향해 품었던 꿈은 "땀 흘려 일하는 사람들이 사람대접 받을 수 있는 좋은 세상"이란 소박한 꿈이었습니다. 이제 시인은 별이 되었고, 우리는 별을 보며 길을 갑니다. 암울한 현실의 벽을 넘어, 시인이 염원한 그 소박한 꿈이 꽃을 피울 수 있는 땅을 만들고 가꾸는 것이, 남은 우리들의 몫이라 생각합니다.

문영규 시인을 사랑하고 아꼈던 많은 사람들에게, 시인의 소박하고 따뜻한 열정을 온전하게 전하고 남기기 위해, 마지막 시집 『나는 지금 외출 중』 이후에 발표된 작품과 미발표된 원고를 모았습니다. 병마와 싸우는 힘든 와중에도 열정을 태우며 작품을 많이 생산하였기에, 원고는 시집 한 권으로 묶을 만큼 충분히 남아 있었습니다. 여기에 산문을 곁들여 시인의 시세계를 좀 더 가까이 들여다볼 수 있도록 하였고, 원고는 잘 정리되어 있어 명백한 오자만 바로잡고 원본 그대로 싣기로 했습니다. 시인이 떠나신 1주기를 맞아 시인의 가족과 벗들이 뜻을 모아 유고 시집을 엮었습니다.

1부 그 무엇도 아니다

명상

잠시 생각 끊고
고요 속에서
나는 살아 있는가 하고
산 자에게 물으니
이미 죽었노라 한다

다시
나는 죽었는가 하고
죽은 자에게 물으니
그대는 아직 살아 있다고 한다

죽지도 살지도 않았으니
죽음도 삶도 없다는 뜻인가
그것이 해탈이긴 할 테지만

그 무엇도 아니다

사랑하는 사람아
이제 나는 그만 동짓달 석양의 내 사랑을 거둔다
내 관심 밖이었던 사람들아
나는 이제야 그대를 생각한다
하지만 그뿐이다
사랑하는 친구야
소 몰아 오르던
골짜기로부터 나는 이제
놓여날 것이다
더는 그 무엇도 아니다
사랑하는 시인아
또 미워하기도 하던 시인아
그동안 나를
몰고 다녔던 나를
이제 놓아준다
더는 그 무엇도 아니다
동문수학했던 청춘들아
운동장의 체육 시간으로
나는 떠나겠다
어두운 숲속의 거미야
들꽃아 들꽃아 나는

피어나고 싶다

또 피어나고 싶지 않다

반야

매화 피었네
매화는 좋지도 않고
싫지도 않고 그저 그렇지

내 마음이 매화인지라

매화 향기 흩날릴 텐데
매화 향기는 느껴지지도 않네
그래도 좋지도 않고 싫지도 않네

내 마음 향기인지라

봄날은 간다

낙엽은 뿌리로 가고
뿌리는 이 봄날 또 잎으로
잎은 꽃으로
꽃은 열매로 가고
열매는 땅으로 가고
꽃잎은 강물로
스스럼없이
걸림 없이 그냥
가는 법 없이 간다

그대와 날 싣고
봄날은

척추

내가 자존심 강하고
한 고집 하는 것은
내 척추에서 비롯된다
나는 젊은 날
군에서 배운 차렷 자세 그대로
아직도 꼿꼿한 척추 때문에
나의 자존심도 곧추서 있다
내 척추의 직립과 자존심은 비례한다

네 활개를 펼치고 잠이 들 때나
거리를 활보할 때나
내 척추는 늘 일자형이다
그러나 때로는
웅크리고 자는 쪽잠이 달기도 한 것은
무슨 이유인가

언젠가
냉동되어 배달된
대하를 본 적이 있다
하나같이 웅크리고 잠들어 있었다
하지만 웅크린 것이

웅크림이 아니었다
대하는 그것이 직립이었다
웅크림의 직립,
무척추의 곤두섬이었다
자존심의 그림자가 보이지 않았다

공空

나는 자꾸 새로 태어난다
밥 먹고 새로 나고
글 한 자 쓰고 새로 나고
획 하나 긋고 새로 나고
필름 속 사진들의 연속이 영화이듯
새로 나고 새로 나는 연속의 나이다
새로 나는 속도는 빛보다 몇 천 배
아니 그보다 더 빠르다
필름 속 정지된 사진 하나를
나라고 하면
그것은 이미 까마득한 과거의 나
그 어느 한 순간도
나라는 대표성을 가지지는 못한다
그래서 나는 없다
나는 새로 난다는 말도
나는 새로 나지 않는다는 말도
진리이며
진리도 아니며
펼쳐진 모든 것이 그대로가
그대로일 뿐이다

민들레

봄꽃은 지고
화사한 꽃들은 다 지고
쓸쓸한 꽃자리에서
아름답던 꽃들은 다
열매로 가고 씨앗으로 맺히고
망설임 없이
후회 없이 갔나니

세상의 그 어떤 생도
흐리다 개고
흔들리다 잠들다가
막막하다 후련하고
돌부터 걷어찼던가 하면
어떤 날은
맥주잔 러브샷 하였나니
민들레 홀씨
바람에 날릴 때
기쁨은 슬픔과 희석되어
무덤덤
그냥 그뿐인 것을

잠두봉에서

아침나절 잠두봉
안개의 숲길을 간다
책을 읽고 사유를 하지만
눈앞엔 늘 안개의 길이다
두각을 보이던 능선의 소나무는
그러나 안개에 묻혔다
지금은 안개의 두각뿐이다

수증기처럼 피어오르는 안개는
어느 순간 불씨를 만나
폭발할지도 모른다
안개가 키운 독버섯을 먹고
안개와 나는 피아가 아니라
한 몸이다

병든 나는 더 이상
대장장이가 아니구나
백일하에서는 식별이 일어난다
안개와 나와도 식별이 된다
두각이 또 다른 두각을 무너뜨린다
갈구해서 얻은 지혜란

겨우 안개에 묻혔다
오늘 나는 안개 속을 간다
잠두봉 능선 길이다

연꽃 논에 와서

함양 상림 숲의
연꽃들이 궁금하여
못가에 와서 보니
겨우 숟가락만한 이파리들
찬물에 떠 있을 뿐

한발 뒤따르던 아내가
다가서며
뭐 볼 게 있냐고 묻길래
아무것도 볼 게 없다고 말해 놓고
그 말 하고 연꽃들에게
얼마나 미안하든지
생각해 보니
연꽃만 아니라
나는 모든 걸 눈으로만 본 것을
비로소 알게 된 것인데
귀로만 들었던 것을
가까스로 알게 된 것인데

눈으로 본 곳은 본 것이 아님을
귀로 들은 것은 들은 게 아님을

알게 된 것인데

빗장

내가 자주 사용하는 잠금장치는 빗장이다
여태껏 소나무 빗장 하나를 지르기도 하고
혹은 풀기도 하면서 살아왔다
풀리지 않는 수학 문제 하나는
영영 풀리지 마라하고 구박하며
빗장을 걸어 둔지 삼십 년도 넘었다
이제야 기억하는 일이지만
오래 전 하얀 찔레꽃 같은 그리움 하나를 가두어
빗장을 단단히 걸어 둔 적이 있었다
헌데 오늘 습작한 난 그림에다
"난 향 천리", "그리운 정 만 리"라고 적었더니
돌연 빗장 하나가 풀려 버리고
아! 찔레꽃 향기였다
찔레꽃 향기를 가둔 빗장이 풀려 버린 것이었다
그날 그 오랜 향내에 취해
저녁 자시라는 아내의 말을 듣지 못하고
지청구를 듣고 말았다
참 많이 가두기로 한 것은 나이로다
시를 쓴답시고 말을 우리에 몰아넣고
질러 버린 빗장 그 말들의 아픈 소리를
아직도 나는 듣지 못한다

요 며칠 사이에는 어금니 하나가 솟구치며
응급으로 빗장을 걸어 두고 지내는데
이제는 나이를 먹는답시고 여기저기
빗장을 걸 때도 많고 또 걸어 둔 빗장이
간단없이 풀려 버리기도 한다

파지

손수레 하나 끌고
집을 나선다
파지나 좀 주워야겠다
십 원짜리 하나가
길가에 있다
십 원짜릴 주워서 수레에 담는다
길가에 채송화와 눈이 마주친다
채송화를 수레에 담는다
내게는 십 원짜리도 채송화도
다 파지이다
어떤 집 담장에 늘어지게 핀
능소화와 눈이 마주친다
능소화도 수레에 싣는다
능소화는 이불을 쌌던 포장지다
그러고 보니 길에는 왜 이리
파지가 많은 거야
어느 새 한가득 차 버린 손수레
파지가 손수레에 가득 차는 날은
외롭지 않다
어차피 돈 안 되는 파지
하지만 내 쓸쓸함을 알아주는

파지들

내가 끼적이다가 버린 파지들이

채송화로 능소화로 다시 피어나길

당초문

뻗어 가다가는 왼쪽으로 동그랗게 구부려서
한 번 접고 다시 원점에서 뻗어 가다가는
오른쪽으로 구부려서 한 번 접고 그러나 항상
원점을 잃지 않고 다시 출발하는

여보야 우리는 이런 당초문 무늬로 살았구나
그저
외길로 쭉 뻗어서 벌써 그곳까지 닿았다면
싱거워서 무슨 재미고 안글나
요즘 매출이 예전 같지 않다고
살짝 그늘 짓던 여보야 이번에는 오른쪽으로
구부려 또 한 점을 찍읍시다
걱정일랑 마소 원점만 잃지 않으면
우리 살림 또 그려 가면 되리라
언제이든 당신이랑 나랑 그려가는 그날까지
당초문으로 삽시다

바람과 나

바람은
자지 않으면서 자는 척한다
자면서도 깬 척한다
부드러우면서 억센 척한다
억세면서 부드러운 척한다
약하면서 강한 척한다
강하면서 약한 척한다
보이지 않으면서 보이는 척한다
보이면서 보이지 않는 척한다

나는
졸면서 깨어 있는 척한다
깨어 있으면서 조는 척한다
약하면서 강한 척한다
강하면서 약한 척한다
악하면서 선한 척한다
선하면서 악한 척한다
없으면서 있는 척한다
있으면서 없는 척한다
죽었으면서 산 척한다
살았으면서 죽은 척한다

홈키파

머릿속에다 성능 좋은 모기약
홈키파를 뿌리면
사소한 잡다한 생각 사라지고
홈키파 그 홈키파라는 단어만 살아나네
그리고 하우스 푸어라는 말
귀가 얇고 심지가 굳지 못하다는 강박
좋은 옷 한 벌 그 흔한 다이아 반지
언젠간 해 주어야지
이런 것들은 머릿속에서 죽지 않네
기억에 남을 만큼 괜찮은 시 한 편
아직도 쓰지 못했음
홈키파는 가장이라는 말
나는 가족의 가장임과 동시에
나는 나에게도 가장이어야 하지
아쉽게도 시간은 자꾸 가고 있네
아직도 나를 정립하지 못하고
부지런히 읽지 못했다는 것
수입은 줄고 지출은 많아진
점점 하우스 푸어가 되어가는
내 정신의 가계부 이런 생각들
발굴하는 유적지의 유물처럼 도드라지네

부적처럼 여겨지는 홈키파

뾰족하다

은행잎이 뾰족뾰족하다
잔디 새싹이 뾰족뾰족하다
햇볕도 강물도
바람도 다 뾰족뾰족하게
느껴지는 아침이다
붓끝 같은 영산홍 꽃봉오리마냥
내 마음도 너에게로
뾰족해지고 있다
돋아나고 있다

뾰족한 황사 때문에
자동차들도 까칠하니
내달리는 아침
뾰족한 연필로 쓰고 있다
온통 뾰족한 것들로
생살이 찢어진다
새로 태어나는 시간이다
경계를 열고 있다
잔인한 시간이다

여름이 간다

내내 종이컵 커피만 마시며 지냈던
여름이 간다
종이컵 커피를 마시며 얇은 옷만
걸치고 지냈던 얄팍한 여름이 간다
종이컵 커피를 마시며 얇은 옷을 입고
손부채를 살랑이던, 들려오는 소식이라곤
다 가벼운 것들뿐이던 여름이 간다

내내 마시던 종이컵 커피 속에 존재하는
무거운 여름이 간다
종이컵 커피를 마시며 얇은 옷을 걸치고 지냈지만
어깨가 무거웠던 여름이 간다
손부채를 살랑이면 가볍게 일렁이던
바람 속의 무거운 내막을 알고 있는 여름이 간다

토란 잎

비 내리는 아침
빗물로 구슬 만드는 토란 잎
토란 잎 위에서 표면장력을 잃지 않는 빗물
표면장력의 비밀을 알고 있는 토란 잎

소나기 만나
토란 잎 꺾어 비긋이 하며
그 애랑 소 몰아오던 어스럼
표면장력을 잃지 않는 그때의 기억
눈 감으면 발아래 떨어지는 기억의 구슬들

독서의 계절에

수행을 많이 한 게야!
태풍 물러간 아침
초가을 하늘이
저렇게 맑은 걸 보면
여름내 먹구름 뒤에서도
쉼 없이 닦은 게야
닦은 게야

좋은 책도 많이 읽은 게야!
서점에 들러 책 두어 권
골라 올 때
칠석 지난 하늘이
저렇게 높은 걸 보면
여름내 비바람 속에서도
쉼 없이 읽은 게야
읽은 게야

화장실에서

'한 발 앞으로 다가와 주세요'

소변기 앞에서 나는

화들짝

나의 엉거주춤을 보고 말았다

딱 한 발짝이었다

하지만

어떻게 다가가는지

알 수가 없다

고들빼기

고들빼기 김치는 맛있다
그래서 고들빼기다
고들빼기는 씁쓰레하다
그래서 고들빼기다
고들빼기 꽃은 노랗다
그래서 고들빼기다
고들빼기 꽃은 하얗다
그래서 고들빼기다
고들빼기 꽃은 사월에 핀다
그래서 고들빼기다
고들빼기 꽃은 오월에도 핀다
그래서 고들빼기다
그래서 고들빼기가 아니다

쇳말뚝

너는 그 자리에 깊이 박혀 있다
나는 너의 옆을 지나간다
너의 뒤를 돌아간다
너의 주위를 배회한다
나는 너를 엿보고 온다
나는 너를 통과하지 못한다
너는 아직 그 자리에 박혀 있다
너는 그 자리에 박혀 있다
박혀 있다

개머루

재작년에도

작년에도

그 집 담장에

주렁주렁 머루 같은

개머루 달렸네

하지만

개머루는 개머루

개머루 이름은

그냥 개머루

쑥 캐러 가자

봄비 그치고
햇볕 따사로운 오후에는
칼을 꺼내자
칼 한 자루와 검은 비닐 봉투 하나면 되리라

무장을 한 채로
쑥 모가지 자르러 가자
이렇듯 연약한 봄기운에
칼을 들고 회심의 미소를 짓는 것은
인간의 오래된 유전자
아我를 위해 타他를 살해하는 것은
인간의 긍정적인 유전자

마른 풀섶을 헤치고
선두에서 피어나는
쑥 모가지를 자르자
쑥이 자라서 제가 쑥임을 알면 재미없다
아직 어려서 제가 쑥인 줄도 모를 때가 맛나다

깊숙이 칼을 찔러 넣을 때
쑥- 쑥- 하는 쑥의 비명

바람은 잠잠하고 하늘은 맑고
비닐 봉투에 쌓여가는 싱싱한
쑥의 모가지들
모가지들

금강반야

나는 오늘 까마귀 우짖는
잠두봉에 가자
그곳은 불길한 새 까마귀가 많은 곳
나는 그곳에서
까마귀 소리를 듣고
불운을 맞자

불운은 불운이 아니며
그 이름이 불운일 뿐
나는 오늘 잠두봉으로 가자
까마귀는 까마귀가 아니며
그 이름이 까마귀일 뿐
나도 내가 아니며
다만 이름으로 불릴 뿐이니

열반

궂은비 내리는 아침
길가에 장롱이 누운 채 비를 맞는다
부처님의 열반처럼
오른쪽 옆구리를 바닥에 붙이고 누웠다

집을 나오기 전
장롱은 식구들의 입성을 내어 주고
저녁이면 고단한 일상을
받아 주는 일을 묵묵히 했으리라
말 없는 가운데 행한 참다운 설법으로
식구들은 자태가 말쑥했으리라

하지만 마지막 열반은
열반이라고 말할 수도 없는 것이 열반이라서
묵묵한 사대(지, 수, 화, 풍) 위로
가는 빗방울만 떨어질 뿐

머리말의 이팝나무에서는
꽃이 피기 시작하더라

산불 조심

그대 주변에
산이 많은가요
울창한 숲에는
노루나 꿩이 사나요
사계절이 아름답고 향기로워
짬이 나는 오후에는
살며시 그 숲으로 들어가
생각에 잠기기도 합니까
그렇다면
산불은 걱정 없으시리라

2부 입원실에서

입원실에서

서울의 대학 병원 입원실
마침 창 쪽 침대를 받아 누워서는 바깥을 보노라니
맞은편 산 밑 빌라 뒤쪽으로 양지바른 언덕에 볼록볼록
봄볕 쬐는 무덤들, 다보록한 측백들, 아직은 까아마니 섰는
아카시아 우듬지 그 위에 까치둥지에는 늙은 까치 부부
자식들 키워 다 내보냈는지 아무런 기척 없고 그 너머
굴참나무 이파리는 이제 연초록인데 등산로 옆에 까치집 같은
삭은 슬레이트 집들 몇 채 젊은 부부 사는지 빨랫줄엔
아기 옷들, 이끼 낀 담장 아래 장미 덩굴에서는 새순이 돋는데
포클레인 소리 웅웅 불안하게 들리던 그 곳
주사 바늘을 뽑고는 그 위 아랫동네를 숨이 차도록
오르락내리락하다가 다시 약병에서 떨어지는 약 방울 세다가
혈압 체크하는 간호사에게 팔을 맡기고는 혈압이 약간
높다는 말에 건성으로 고개를 끄덕이며
이윽고 병실의 등을 켜자 바깥 풍경은 사라지고
시선을 거두어 환우들을 한 번 바라보고는
이불을 끌어당겨 모로 누우며

왜소함

왜소함은 어떤가
시의 소재로서 바람직한가

병으로 몸이 왜소해지니
마음도 따라 왜소한 걸

하긴
태어날 때부터 왜소한 기상이라
왜소함의 의의란 것은 없는 걸까

약한 오줌발로
변기 앞에 서서
새벽이면 들리는
윗집 철재상 오 사장
오줌발 소리 힘차던데 싫어서
소리 나지 않게
변기의 빗면에 조준하며

왜소함을 감추려는
이 왜소함을

점멸등

점멸은 주의라고 윙크라고
말한 적 있습니다 그래서
내 시는 점멸로 쓰겠습니다
점멸로 당신께 가겠습니다

그러나
점멸점멸의 반복은,
무수한 반복은 피하겠습니다
지루하고 재미가 없으니까요
점점멸점 하든지
멸멸멸점 하든지

당신께서 예상하지 못하는
조합으로 가겠습니다
64비트 체계로
명암이 뚜렷한
스테레오 신호로 가겠습니다
섬광처럼 전율처럼
그런 주의注意로 가겠습니다

어스름 녘에는

어스름 녘에는 간판에 불이 켜진다
어스름 녘엔
엄마에게 가고 싶다
어릴 적 처음으로 엄마 떠나서
땅거미 지고 집이 그리워
엄마가 보고 싶어 운 기억이 있다
갈 수만 있다면
엄마보다 더 처음으로 가고 싶다

그래서 불을 켠다
쓸쓸한 처음을 잊으려고
그리움만으로는 곤란해서
곤란함을 지우려고 불을 켠다

밝은 불 가까이
하루살이가 먼저 모여든다
나도 하루살이를 선택하겠다
딱 하루만 살겠다
내일도 딱 하루만 살겠다
모레도 딱 하루만 살겠다

아카시아 필 무렵

나는 이다음에
안드로메다로 가겠다
그곳에 가서 태양계를 보겠다
지구를 보겠다 당신을 보겠다
그곳에 가서 나는 당신에게
이상향이 정토가 피안이,
여기라고 말하겠다

메밀꽃 핀 밤 풍경을
소금 뿌린 듯하다고
선대 문학가께서 말했지만
먼 산 희끄무레하게
아카시아꽃 핀 풍경을
안드로메다의 그림자라고 나는 말하겠다

아카시아꽃 향기는
정토의 향기라고 말하겠다
꿀의 달콤한 맛은
잊었던 안드로메다의 맛이라고 말하겠다
우리의 고향이 안드로메다임을 기억하라는
맛이라고 말하겠다

꿀벌들은 안드로메다의 전령이라고 말하겠다
이맘때는 날씨가 화창해서
꿀벌들께서 작업이 순조롭기를 빌겠다

호박넝쿨

호두나무를 타고 오르다
가지 끝에서 갈 곳 몰라
덩굴손 바람에 젓고 있는 호박넝쿨

어제는 이 호박넝쿨에게
바람에 길 묻느냐고 했다

오늘은 조금 더 뻗은
이 호박넝쿨에게
바람과 잘 노느냐고 했다
하지만
여전히 그냥 젓기만 할 뿐
뭘 묻느냐는 듯했다

소비자

건강에 좋다는 유산소 운동을
운동장 주변을 돌면서 하는
아침나절 내가 생산자였을 때
생각하던 소비자를 떠올리며
운동장 주변을 걸을 때
지금은 소비자로서 생산자를
생각하며 걸을 때
밥 먹고 나와서
밥심을 소비하며
가족들을 생산 현장으로 보내고
안쓰러움을 소비하며 걸을 때
그 와중에도
매화나무의 생산이
궁금하여 날마다
매화 꽃눈을 확인하며
하루도 게으르지 않는
매화의 생산을 눈으로 소비하며
그것이 나의 건강을 생산하리라 여기며
운동장 주변을 주변인으로 맴돌며

하루

밤에는 깎지 않는다는 손톱을
낮에 깎으려다
낮 동안 잊고 지내다가
밤 되어 못 깎고
며칠을 밤낮으로
밤인가 낮인가 하다가
그 사이에 자꾸
손톱은 길어나고
밤 생각을 낮에 하다가
낮에 할 일을 밤에야
겨우 끝내고는
길어난 손톱을 보며
낮인가 밤인가 하다가
아침 먹고는 깎아야지 하면서
금세 잊고 저녁 되어서
손톱을 떠올리곤
아침인가 저녁인가 하면서
오늘도 손톱 긴
하루가 간다

난 오늘

하얀 제비꽃
살랑이는 실바람과 놀고
벚꽃 비, 소낙비 내리는데
냇물엔 꽃잎 떠 흘러간다

원앙이 다가와 노닐고
영산홍 화단엔
붓꽃 같은 붉은 점점점 점들
강물은 은빛 갈채를 보내누나
여긴 우주의 한가운데
나 오늘 여기 있다

근데 뭐

무병 무탈하자고
예부터
무나물을 먹었다는데

그 무는 사실
복도 무
탈도 무
무도 무

근데 뭐!

목도리

목도리 몇 개를 두고
바깥나들이에
번갈아 매고 다닌다
따뜻하기도 하고
멋도 있지만
그 보다는
목이라는 절대 취약성
야수가 먹이를 제압할 때
노리는 그 목
목에 대한 애착 그 상징 때문인데
목은 또 숨이기도 하므로
숨이라는 상징
그 상징이 못내 애잔하기 때문인데
그리고 목이라는 것은 먹는 것
숨이라는 것은 쉬는 것
먹고 쉬고 먹고 쉬고
먹고 쉬는 일은 언제나 순조로워야 하는 것
순조롭고 밝고 신선해야 하는 것
그리고 상징으로서의
내 목도리
내 숨의 상징

하얀 꿈

뻔질나게 드나들면
결국엔 내 집 되겠지
하얀 십오 층 건물에 박사들이 많고
나를 위해 검진하고
판독하고 처방하고
나를 요구하고 예약하고
예정하고

하얀 옷을 입고는
청진기를 가슴에 갖다 붙이며
하얀 알약을 처방한
하얀 종이를 건네며
4주 뒤에 또 보자며
안경알 너머 눈동자가
나를 돌려세울 때
창백한 얼굴로 인사하고

하얀 건널목을 건너면서
새로 받은 주머니 속의
하얀 4주의 생을 가만히 만져 보며

동백

동백꽃 진다

'툭'하고 진다

눈으로 봐도 '툭'이다

귀로 들어도 역시 '툭'이다

오라!

잘 내려놓음의 '툭'

고물상

고물상 지나오면서
잡다한 것들 쌓인
녹슨 쇠 부스러기들
자석 크레인 징- 하고 끌어올릴 때

내 지난날의 부스러기들도
지-잉 하고 신호를 보내는데

철공소 다니면서
깎았던 쇳밥들 들이마신 쇳가루
망가진 볼트나 너트들 모두가
묻혀 있다가 신호를 보내는데

커다란 자석 크레인 작동할 때
움찔움찔 자꾸 끌려가는데

밝기 때문

어떤 이에게
첫 시집을 선물했더니
읽고 나서는 너무 어둡더란다
나는 그에게
"그대가 너무 밝기 때문이오"라고
말해 주었다

3부 주유소 일기

주유소 일기 1

라디오는 저 혼자 노랠 부르고
주유기를 내다보며
나는 말없이 혼자 앉았다
주유기 바로 위 밝은 간판에는
하루살이들의 파티가 무르익었는데
사거리의 신호등은 생각 끊고
점멸점멸 들숨 날숨만 반복하고
맞은편 골목의 가로등은
초저녁부터 누굴 기다리는 모양이다
그 가로등 너머 저쪽
빨간 십자가 불빛은
아까부터 이쪽을 응시하고 있는데
나는 애써 외면하고
배고픈 차를 기다리며
주유기에만 집중집중하는 중

주유소 일기 2

우리 주유소 소장님
자기만큼 주유 총
잘 쏘는 사람도 없을 거라는데
이래 뵈도 속사에 자신 있는
쌍권총 총잡이
경력 20년이라는데요

손님 많은 주일 저녁 시간
한꺼번에 네댓 대씩
몰려오는 차를 혼자서도
주유 마개 열고 총구 밀어 넣고
방아쇠 당기고
사격 끝났으면
총을 뽑아 총걸이에 걸고
주유 마개 닫고
표적지 확인하고
이런 일련의 동작이 그야말로 속사인데요

석양의 건맨에 나오는
클린튼 이스트우드 같아 멋있다니까요

주유소 일기 3

내 병은 내 몸속에서
자신의 무게를 자신의 부피를
자꾸 확장하고 있음을 알고 있다
그래서 나도 내게
유리한 것들만 채우려고
무게를 늘리려고 부피를 늘리려고
그래서 병의 무게와 부피를 침범하려고
갖은 애를 썼다

하지만 이런 전략은
애초에 잘못 되었음을 알았다
내가 내 것을 채우려고만 집착하면
그 만큼 병도 맞대응하며 채우고 있음을 알았다
그래서 전략을 바꾸기로 했다

비우기로 했다
내가 비워 둔 곳에는 병이 채워 오지
못함을 알았다
비워 두었지만 빈 곳이 아니었다
어이없지만
비워 둠이 가득 참이었다

주유소 일기 4

차 들어오면
주유 마개부터 연 다음
얼마나 넣겠냐고 하면
삼만 원, 오만 원이 많고
가끔 칠만 원도 있지만
고급 차들은 대부분 가득이라고 한다
꽉이요 하는 사람
만땅이요 하는 사람도 있지만
어쨌든 가득은 좀 피하자
가득 넣을 수 있지만
얼마간 비워 두는
지혜를 발휘하자

가득이 벅찬데도
가득이라고 고집한다면 오히려 빈약일 뿐
가득 찼음에도 텅 빈 느낌은 얼마나 핼쑥하냐
비워 두고 있지만 가득 찬 것은 위대하다
그러므로
수혈 받는 핼쑥한 나의 빈약을
사람들은 벌써 눈치챘을 것이다

주유소 일기 5

퇴근 시간 지난
주유소의 저녁 시간은
손님이 뜸한 시간
배고픈 차를 기다리며 앉았노라니
한 무리의 학생들이
재잘대며 지나간다

그렇구나
가득이라!
가득 든 애들의 게이지가 보인다
품질보증
지에스 칼텍스보다 더
순도가 높은 에너지로
가득 찬 각각의
누군가의 주유소임과 동시에
누군가의 자동차들이었다

주유소 일기 6

— 혼유

주유소 사장님
늘상 하시는 말씀
혼유 사고를 조심해야 한다는데
자동차는 지독한 편식이라
먹는 거 딱 한 가지만 먹기 때문에
다른 연료를 소화하지 못한다는데
그래서 수리하는데
막대한 비용이 들기 때문에
주유소 망한다고
늘상 강조강조 하는데
그런 자신은 주유소 경력 20년
덩달아 편식인지
마누라도 딱 하나
자식도 딱 하나라면서
먹는 술도 딱 하나 소주만
좋아하다가
지난 회식 때 소맥 먹고
죽을 뻔했다고
역시 혼유는 안 된다고 하는데

주유소 일기 7
— 화기 엄금

기름은
순결한 것은 정제된 것은
결집된 의도는 반드시
발화점을 갖는다는 사실

발화점을 갖는 것들은
때맞춰 발화하게 하는
시스템이 있어야 한다는 사실

이 발화의 조건이
불안한 시스템에서는
힘을 발휘하지 못한다는 사실

요즘 자동차들
연비가 좋다고들 하는데
최고의 시스템이라고 하는데

사람들도 모두 발화점을 갖고 있다는 사실
이 발화점을 잘 관리하고 있다는 사실
효율성 높게 잘 정비된 연비가 좋은 사회를
만들어야만 희망이 있다는 사실

주유소 일기 8

— 화기 엄금

에너지의 화근火根이
나의 내부에 있다면
그것은 지치지 않는 열정이 될 것이지만
그렇지 못하고
에너지의 화근火根이
나의 바깥에 있다면 그것은
모두를 태워버리는 화근禍根이
된다는 것이다

교차로 광고지

교차로 광고지 일주일 두 번
나오기를 기다려 갖다 보았던
뾰족한 광고들이 빼곡하니 실린
나에게는 번번이 뾰족할 것이 없던
교차로를 이제 끊기로 한다
모든 정보를 끊고 스스로 캄캄하니 어두워져서는
그때 비로소 얻게 될 정보도 있으리

희망의 촛불을 켜자

OECD가 발표한 통계에서
회원국 중 우리는
자살률 1위, 산업재해 사망률 1위
가계 부채 1위, 가장 낮은 최저임금 1위
저임금 노동자 비율 1위
이혼 증가율, 실업 증가폭,
사교육비 지출, 근무시간 많은 국가
공교육비 민간 부담 등에서
모두 1위

고령화와 저출산으로 몇 십 년 후에는
한민족이 지구상에서 사라질 거라는데
7포 세대*가 양산되는 지금
우리는 과연 희망이 없나?

희망 없음이란 반드시
공동체의 신진대사를 멈추게 하고
암을 일으켜 사망에 이르게 할
음산한 것
지금 우리가 딛고 선 자리는
절망의 난간인가

희망의 구름다리인가 묻는다
나에게 너에게

희망이 없는 세상은 쓸쓸하다
통일하려고 노력하자
양극화를 없애자
희망의 촛불을 켜야 한다
부자에게 증세하고 복지를 늘리자
젊은이들을 중동으로 내몰지 말고
이 땅에서 일자리를 늘리자
아이들 혹사하는 교육 혁신하고
경제민주화 정치개혁 말만 하지 말고

제대로 한번 해보자

*7포 세대 : 연애, 결혼, 출산, 대인 관계, 취업, 내 집 마련을 포기한 세대

희망을 찾는다

희망을 찾는다 절망의 뿌리를 찾는다
나에게서 너에게서 희망을 묻는다
절망의 뿌리를 묻는다
산하와 바람에게도
절망을 묻는다 희망을 묻는다
날짐승과 들짐승에게도
물어본다 희망을, 절망의 뿌리를

학원 과외로 늦은 시간 집으로 오는
무거운 가방 쳐진 어깨의 경진이를
열이레 달님이 내려다본다
달님이 경진이의 등을 토닥거린다
달님이 혹사 당하는 경진이한테서
천진함을 찾는다 발랄함을 찾는다
맑은 눈빛으로 말하는 꿈을 찾는다
대학 졸업한 지 4년 된 도환이는
아직 취업 준비생
호주에서 어학연수하고 돌아와
자격증도 서너 개, 하지만 아직도
최저임금 알바생
차라리 취업을 포기할까 싶지만

오늘도 이력서 챙겨 원룸을 나선다

그래 도환아 너의 희망을 믿는다
젊은 너의 사랑을, 이상을 응원한다
너에게서 절망의 뿌리를 캐내고 싶다
너의 낭만을 응원한다
뜨겁게 사랑하고 결혼하고 출산하는
너의 장래를 응원한다
'고맙습니다 국밥이나 한 그릇 하시죠
개의치 마시고', 편지 봉투에다 이렇게 쓰고
십만 원 넣어서 탁자에 던져두고는
홀로 생을 마감한 최 씨 할아버지
마지막 순간에도 고맙다는 말
국밥 한 그릇 하라는 말
또 개의치 말라며 오히려 위로하는
최 씨 할아버지는 정이 많으신 분
개의치 않고 먹는 따뜻한 국밥은
평소에 할아버지가 즐겨 드시던 음식
최 씨 할아버지는 참 겸손하신 분입니다
그런 분이 왜 그러셨어요 왜요?
가슴 따뜻한 분이 왜요?
양극화의 이 땅에서
그 극단에 계시던 할아버지
최 씨 할아버지의 유서를 읽으며
시대의 희망을 묻는다

절망의 뿌리를 묻는다

플래카드

내다 건 말들이
펄럭이고 있다
말들이 펄럭이는 것은
가볍기 때문이다

내 걸린 말들은
올가미를 벗으려
진저리를 친다

절실한 말이라 해도
거리에 내 걸리는 순간
효수되는 말들

가여운 말씀들

용병 노상태 씨

건설 현장 기술공 인부 알선
일하실 분 일 쓰실 분
벌초 대행 묘지 이장
인부 항시 대기
작은 일 큰 일 당일 결제
대성종합 인력 출근하는
미장이 노상태 씨
작업복은 늘 군복을 고집하는데
작업복으로 군복만한 게 없다는데
이를테면 그는 용병인 것인데
총잡이 용병들은
임무 끝나면 한몫 챙기지만
노 씨는 칼잡이다
사실 불러 주는 데도 잘 없는 요즘
오랜만에 한 대가리 하고는
수제비, 국수, 칼국수, 해장국
감자탕, 아귀찜, 닭볶음탕, 조기매운탕
바로 옆집 일성식당 가서
시원한 막걸리 한 사발로
일단은 목의 먼지부터 씻고
용병으로 월남 갔던

이야기 했던 이야기 또 하면서
그 시절 짜릿했던 순간을
떠올리는 것인데
말하자면 평생 정규군이 아닌
궂은일 도맡아 하는
비정규군으로 산 것인데
하지만 얼룩무늬 그의 작업복만큼은
어디서 구했는지
정규군 군복이 확실하다
무늬만 정규군인 노상태 씨

순수 소비자 연맹

나의 생산은 아무것도
가치로 환산되지 않는다
시를 쓰거나 청소를 하거나
내가 없는 것보다는
그래도
숨을 쉬고 있는 것이
아내에게
위로가 되거나
모두 생산이랄 수는 없다

어릴 때 팔 하나를 잃고
그래도 밥 벌겠다고
공사판 다니던 사촌 아우는
베트남 색시한테 늦장가 들어
아들 둘 건사하느라
도로 공사판에서 경광봉 들고
빼꼼한 날이 없더니
이젠 그 공사판도 끝이 나고
형님 인자 나도 백수 됐소 하길래
그러면 아우야 내 밑으로 와라
내가 연맹 회장 아니더냐 했더니

무슨 연맹이요 하고 묻는다

생산은 아무것도 하질 않고
소비만 하는 전국에서도 새로운 연맹이지
전국 순수 소비자 연맹

새 길

우리 동네 가운데
새 길 뚫었다
서우네는 이사 보내고
깔끔하니 아스팔트 덮고는
중앙선 긋고 난 저녁
길 양 옆으로 차들이
빈 틈 없이 세워졌다
어떤 집은 대문 앞에
물통을 내다 놓고
'주차금지'라고 써 붙였다

위양지

신라 때부터
그곳 위양지는
이른 봄부터 아랫 논들에
젖줄 물려
밀양의 살진 마음 있게 하였나니
살진 정신 있게 하였나니
밀양의 마음 위양 되게 하였나니
밀양 마을 양양陽良되게 하였나니
"부디 밀양의 양민을 위하여"
후손들의 양양陽良을 위하여
이치우 어르신의 마음도
위양이었음을
양양이었음을

애들아!

— 세월호 침몰로 희생된 아이들에게

애들아!
참담하구나
앞 세대의 한 사람으로
넋 놓고 너희를 보내고 말았으니
미안하구나 미안하구나라는 말도
미안하구나

부처님!
이것이 인과因果라면
제가 죽어 물고기가 되오리다
그리하여 아이들이 물 밖으로 나오는
과果를 주소서
그것으로 저 여린 영혼들이
정화되고 복되게 하소서
정녕 이것이 인과라면
물고기인 제가 물 밖으로 나오리다

예수님!
혼탁함으로 빚어 진 이 현실이
말세의 징조입니까
어린 영혼을 데려가시거든

이 세상을 구하는
거룩한 용사로
다시 보내 주소서
다시 보내 주소서

미안쿠나 애들아
침몰하는 배에다 너희를 가두고
막아서는 거대한
검은 벽 앞에서
목 놓아 너희를 부르노니
애 들 아 !
불러나 보노니
애 들 아 !
세상을 건지러
다시 오너라.
다시 오너라
애 들 아 !

유기遺棄

미국으로 이민을 떠나는
대학 교수 부부가
인천공항에다
그들의 부모를 유기하고 갔단다
부모는 유기하고
강아지는 데리고 갔다고 한다
유기된 부모는 발견됐을 때
누군가 유기한 유기견과
같이 있었다고 한다
경찰이 와서
인적 사항을 물었을 때
아무것도 모른다며 입을 다물었다고 한다
아들 부부를 보호하려고
부모는 스스로를 유기했다고 한다
뒤늦게 연락이 닿아
조사를 받게 된 교수 부부는
부모를 유기한 것이 결국
자신을 유기한 것이란 사실을 깨닫고
세상을 유기하려 했다고 한다
바야흐로 유기의 시대

4부 분해

걸레

청소를 하고
걸레를 씻다가 말이지
이런 순간에도
시를 놓치지 말아야지 하는
대견한 생각을 하다가 말이지
걸레를 시로 써보자 하면서 말이지
걸레는 빨아도 걸레라는 말에
딱 꽂혔는데 말이지
이 말을 바꾸면 말이지
시인은 죽었다 깨어나도
어쩔 수 없는 시인이란 말인데 말이지
아주 무서운 말인데 말이지
시인은 젖은 몸으로 세상을 닦으라는
걸레의 말씀이신데 말이지

신호

아침마다
산책로를 걷는 나로서는

이 길을 같이 쓰는
개미, 노래기, 딱정벌레, 거미들의
횡단을 무시할 수 없는 것인데

아차 하는 순간 발밑으로 돌진하는
애들을 보면서
나는 무단 횡단이라고 생각했던 것인데

알고 보니 거기 신호 없는
많은 신호등이 점멸하고 있음을
내가 알지 못했던 것인데

나는 내 방식의 신호만
고집했던 것인데
걔들의 신호를 통째로 무시했던 것인데

감탄고토甘呑苦吐

어떤 날은
봄 가뭄처럼 식욕이 메마르다
또 어떤 날은
봄비처럼 식욕이 돋아난다
빨랫줄의 속옷처럼
식욕이 펄럭인다
거리의 사람들을 보면서
어떤 사람은 구미가 당기고
어떤 사람은 나도 모르게 뱉고 있다
시각도 식욕이 있다
청각도 식욕이 있다
그러나 감탄고토는
식욕만의 문제가 아니다
취사선택의 문제가 아니다
사회의 문제이다
어제 토했던 것을 주워
오늘은 삼키자
감탄고토하자
또 오늘 삼킨 것은
내일 토할 것만 같다
토할 것만 같다

그러나 식욕은 다만 식욕일 뿐
구미가 당기면 뱉어 보자

연결

흙을 담은
스티로폼 박스에 심어진
할머니의 시금치는
격리된
한줌의 세계에서도
봄 햇살에 싱싱하다

뜻밖이라
분명 자연과 어떤 연결을
갖고 있을 것이지만
전형적으로 건강하다

작은 박스 속의
단절을 넘어서

시

꽃은
나무가 쓴 시

영산홍은 봄날
푸른 몸으로 붉은 시를 쓰지만

담쟁이는
푸른 몸으로 푸른 시를 쓴 뒤
가을이 오면
붉은 제 몸으로 시를 쓰고는
그 몸마저
바람 따라 가네

헐

운동장 주변의 산책길엔
개미들이 많아
밟을까 봐 길만 보고 걷는데
갑자기 젖은 길이라 앞을 보니
보도블록 틈새에
풀을 없애려
왕창 제초제를 뿌리고 있네

구리다

봄에 심지 않았지만
나는 이 가을 거둘 것이 있다
길가에서 은행을 줍는다
사시사철 거리 어딘가에서는
구린 내가 났다
은행을 줍는 일은 구린내와
싸우는 일
그러나 이게 무슨 조화인가
나는 구린내에 익숙해지고 말았다
구린내에 익숙해지다니

구린 거리에서
은행과 나와 모두
구린 통속이 되었다

풍란의 발

풍란의 발을 보신 적이 있으신지요
풍란의 학다리 춤 자세
든 발끝을 보신 적이 있으신지요
눈 감고 투명한 호흡만으로 길 찾는

좌측이 없는 좌회전
우측이 없는 우회전을
보신 적 있으신지요

풍란의 마음은
발끝이란 사실을 아시는지요
허공에 맑게 걸어 둔
선禪의 수행법을 보셨는지요

법

볶은 땅콩의 껍질을 까면서
생각한다

껍질을 버릴까
알맹이를 버릴까
둘 다 먹을까
둘 다 버릴까

징검다리

징검다리가 물속에 있다
사람들이 징검다리를 징검다리 삼아
강을 건넌다

대기업에서 짤리고 이십사 시간 맞교대
징검다리로 일하는 김상문 형 징검다리 건너서 일하러 간다
징검징검 건널 때 지난 날
나는 왜 이 한 몸 던져 징검다리 되지 못했나 생각한다
가장 원시적인 다리가 징검다리다
그러나 가장 기본적인 대오가 징검다리다
아침마다 징검다리가 물살 속에서 대오를 점검한다
징검다리가 대오를 풀지 않고 회의 중이다
징검다리가 결속을 다지며 점심을 먹고 있다
오늘은
장맛비로 불어난 거센 흙탕물 속에서 징검다리가 있다
물살이 포말을 일으키며 부르짖는다
징검다리 대오가 윤곽만 보인다
아직은 대오가 정연하다
거친 물살의 굉음을 뚫고 징검다리 대오의 합창이 들린다

논바닥

제 가슴 뜯길 줄
논은 미리 알더이다
눈물 섞인 봇물 가두어 두었더니
어마어마한 트랙터란 놈 와설랑
가슴을 짓이겨 반죽으로 만들어 버리더이다
그래도 논바닥은 아프단 말 않더이다
슬픈 기색 없더이다 다만
눈물 봇물로 가득 찰랑일 뿐이더이다
이윽고 연초록 어린 모로
상처 난 가슴 덮어 주었더니
금세 말갛게 찰랑이더이다
그렁그렁 어린 모 키우더이다

꽃

방긋방긋 웃으며
꽃들이 피어난다
노랗게 빨갛게 웃으며
꽃들이 피어난다
바람이 불면 깔깔 호호
꽃들의 웃음소리
'꽃이 피었네'라는 말은
'꽃이 웃고 있네'와 같은 말

꽃을 보면
같이 웃어 주자
힘들거나 화날 때에도 꽃을
보며 웃자
빨간 웃음 웃자
노란 웃음 웃자
힘든 마음 화난 마음 사라진다

친구가 싱긋 웃어 주면
같이 싱긋 웃어 주고
하얀 꽃이 방긋 웃어 주면
같이 방긋 웃어 주자

커다란 꽃에게는
커다랗게 같이 웃고
깨알 같이 무더기로
웃는 꽃에게는
배꼽을 쥐고 같이 웃자

한겨울 눈 덮인
들판처럼
꽃이 없다면
내 마음 속의 꽃을 보자
어느새 내 마음속에서
방긋 웃는 꽃을 보며
날마다 방긋 웃자

내게로 걸어오는
영이 얼굴은 웃지 않아도
피어난 꽃송이
친구 얼굴은
엄마 아빠 얼굴은
동생 얼굴은
피어난 꽃송이들
꽃송이들을 보면
언제나 방긋 웃자

분해

십 원짜리 하나가
길에 떨어져 있었다
줍지 않았다

완두콩 꼬투리 하나가
길에 떨어져 있었다
역시 줍지 않았다

오늘 두 개의 의미를 만났지만
거두지 못한 의미의 주인공에게는
조금 미안하게 생각한다

그러나
갖고 온 의미를 그대로 두는 것은
예의가 아니므로
분해를 한다

일 원, 이 원, 삼 원 ~ 육 원, 칠 원
완두콩 꼬투리 속에
오랫동안 변화지 않고 재생되어 온 여러해살이
미소가 있다

십 원짜리 속에도
한 알, 두 알, 세 알 ~ 다섯 알
한해살이 식물이지만
영원히 빛나는 미소가 있다
그 미소 사이로
금니 하나가 반짝 빛난다

그래 분해는 여기까지
이젠 조립을 할까?
조립? 어떻게?

저녁 별

울타리 밑에 오이 심었더니
오이 수꽃 피었다
오이 수꽃 피더니
오이 암꽃 피었다
오이 맺히더니 또
오이 수꽃 피었다
오이 수꽃 피니
오이 암꽃 피었다
수꽃 기다려 암꽃 피고
암꽃 기다려 수꽃 피고

장마 끝난 저녁 하늘에는
직녀별 기다려 견우별 뜨고
견우별 기다려 직녀별 뜨고

환한 저녁

겨울

얼마나 두꺼운지
볼려고 그랬나
누군가 얼음판에 쾅!
던진 돌멩이

쩡 금간 얼음판에
가만히 엎드려
미안하다는 돌멩이
괜찮다는 얼음판

거울 이야기

신호등이 없는 작은 사거리를 지날 때
당신의 횡단을 뚫어지게 지켜보는
커다란 스테인리스 거울을 본 적이 있으실 거야
이 거울에는 오래전 어떤 할머니에 얽힌 이야기가 있어

할머니는 젊은 시절 혼인해서 남편이랑 아주 사이가 좋았지
남편은 청동거울 장수였어
남편은 이 고을 저 고을 다니면서 청동거울을 팔기도 하고
녹이 낀 거울을 닦아 주기도 하면서 한 달이나 두 달 지나서
한 번씩 집에 들르곤 했지

그러다가 남편의 귀가가 석 달 걸러 한 번
반년 걸러 한 번, 이태 삼 년,
그러다가 오 년 만인가 육 년 만인가 한 번 오더니
그 뒤론 아예 발걸음이 딱 끊어져 버린 거야

남편은 어느 고을 부잣집에 거울을 팔러 갔다가
그 집 처녀와 눈이 맞아 혼인한 것을 속이고
새장가를 들었던 거지

할머니는 남편이 이제야 오나 저제야 오나 오매불망

기다렸지 기다리고 기다리다가 못 잡숫고
야위어 병이 났어 그런데
이상하게도 눈만 퀭하니 얼굴의 절반이라고 할 정도였어
할머니는 남편을 보지 못한 채
결국 세상을 떠났어
우리가 사거리에서 흔히 볼 수 있는 거울은
그 할머니의 환생이야
아직도 거리거리에서 커다란 눈으로
할아버지를 찾고 계신 거지 아직도!
애달픈 원願은 기어코 환생을 하게 돼

어느 사거리에서 거울에
먼지라도 묻어 있다면 정성껏 닦아드리자고
그렇게 하여 할머니 남편의 환생이 되는 거지
우리 모두 다 참회와 보답의 환생이 되자고

봄비

봄비 촉촉이 내리는 날
우산 쓰고 외출했다가 돌아와서는
문 앞에서 우산을 접으며

이 봄비 속을 나는 왜
우산을 쓰고 다녔나 하고
우산의 빗물을 털어내며
묻는다

화단에 스며드는 봄비를 보며
나는 왜 목마르지 않는가
하고 묻는다

지난 겨울
죽어 있던 것들과 같이
함께 죽어 있던 나만 어째서
이 봄비에 대답하지 않는가

흠씬 젖어서
턱에 물방울을 달고 서는
매화나무를 보며

서 있을 때

옥수수

옥수수가 쑥쑥 자라고 있어요
감자보다 가지보다 몇 배나
쑥쑥 잘 크는 옥수수

벌써 아빠 키만 한 옥수수
아빠! 옥수수 왜
다른 친구들보다 몇 배나
키가 커?

응, 옥수수는
바람을 기다려야 하기 때문이지
옥수수 머리에 숫꽃은
바람이 불어야 떨어져서
옥수수 알이 영근단다

기다리는 것들은 키가 크구나

아빠는 우리집에서
제일 키가 크잖아
누굴 기다린 거야?

응, 꽃님이 너를 기다렸지
태어나서 삼십 년간이나
예쁜 널 기다린 거야

돈다

높은 건물 꼭대기에
이발소 간판이 돈다
오늘도 거실 창문에서 바라보니
여전히 돌고 있다
간판이 돌고 있으니
이발소가 돌아가고
이발소가 돌아가니
동네가 돌아가고
동네가 돌아가니
세상이 돌아간다
세상이 돌아가니
우주가 돌고
돌고 돌고 돌아갈 때
일 없는 나도 묻혀서 돌아간다

비둘기는 텃새이면서 철새다

뻐꾹!
뻐꾸기 운다
몇 번 울었나
뻐꾹! 뻐꾹!
두 번 운다
아니 세 번 운다
뻐꾸기는 여름새이면서 겨울새다

구구구구!
비둘기 운다
몇 번 울었나
네 번 운다
아니 사구삼십육 운다

뻐꾸기는 때때로
'구구엑'하고 운다
비둘기도 때로는
'구꾹' '구꾹'하고 운다
비둘기는 텃새이면서
철새다

문워크

마이클 잭슨의 문워크는
미국의 문워크
미국의 문워크는
한국에서도 문워크
문워크의 광대 철학
경제에서도 정치에서도
얼씨구 광대정신 문워크

시선을 끄는 차림새로
무대에 서서 음악에 맞춰
무대 정신으로 사뿐사뿐
앞으로 걷지만
실상은 뒤로 걷는 문워크
광대정신으로 보란 듯
앞으로 걷지만
교묘히 뒤로 점점 물러나는
문워크

관객들의 박수소리에
신이 나서 V자를 그리며 문워크

장어

결혼기념일이라고
막내가 장어구이 집에서
점심을 사겠단다
내가 장어를 먹는다면
장어께서는 남해에서
내륙의 이 점심상에
오셔야 하지 않느냐고 했더니

그럼 정식은 어떠냐 한다
정식이라면 혹시
생선이 나오더라도
곁들여진 것이니
바다에서 내일쯤 오시도록
말미를 드릴수도 있으니
괜찮다고 하였다

5부 시인의 시 세계

시와 시인 그리고 진정성에 대하여

희망을 갖자

시와 시인 그리고 진정성에 대하여

시라는 것을 왜 쓰게 되었는지의 질문을 스스로에게 해 놓고 한참을 생각해도 참 아리송하다는 생각을 합니다.

사실은 중학교 때쯤부터 뭔가 끄적이고 베끼고 하던 습관이 점점 시 쓰기로 정착된 것이 아닐까 생각해 봅니다. 그러나 사실 별것도 아니게 시작했지만 시인이라는 게 그리 호락호락하지 않다는 것을 느끼고부터는 참으로 난감하던 때도 있었습니다. 이런저런 글을 읽고 습작이라는 것을 하고 동인들과 토론도 하며 점차 굳어진 지금의 생각은 일단 시라는 것은 세상과 친구를 맺는 것이라는 생각입니다. 세상이라는 것이 나의 친구이므로 늘 친구의 말을 들어주어야 하며 때로는 친구의 슬픔을 같이 아파해야 하고 또한 어떤 때는 포장마차에서 친구와 괴로움을 같이 나눌 수 있어야 하리란 생각이지요.

세상이란 내 친구이지만 그는 늘 할 말이 많지요. 늘 좋은 일보다는 괴롭고 슬픈 일이 더 많은 친구이지요. 그래서 어떤 때는 친구가 싫기도 했습니다. 친구를 외면할 수 없다는 생각, 아니 친구를 외면하면 안 된다는 생각에 약간의 부담감도 없지 않았지요. 그러나 그때는 세상이란 친구가 바로 나 자신이란 생각을 못했지요.

시 쓰기가 나의 이야기이면서 바로 아파하는 세상 이야기의 비유라는 생각을 하게 됩니다. 그래서 저는 첫째로 의의가 있는 문학을 말하고 싶습니다. 세상이라는 친구의 아픔을 잘 담아 낸 글을 좋은 글의 첫 번째 조건으로 삼고자 합니다. 세상의 아픔을 다독여 줄 수 있는 글이면 참 의의가 있는 글이 되겠지요. 그러나 최소한 세상이란 친구의 이야기에 관심을 가지는 글이라야만 의의가 있다고 하겠습니다.

두 번째는 진정성이 있는 문학을 말하고자 합니다. 진정성이란 진심 어린, 혹은 겸허한, 진솔한 등의 표현으로 이해될는지 모르겠습니다. 일단은 한 편의 글에 진심을 다하는 태도라고 말하고 싶습니다. 머리로 짜 맞추는 게 아니라 마음이 이 말을 꼭 하고 싶어서 벼르고 별러서 쏟아 내는 말, 그 뜨겁고 응어리 진 말, 내 몸에 밀착된 발언이 진정성이 있는 글이라고 생각합니다.

세 번째는 적절한 시 형식의 선택을 말하고자 합니다. 시의 다양한 형식을 접해 보고 습작에서 적용해 보고 하는 과정을 통해서 어떤 소재의 글을 쓰겠다고 생각을 했다면 이 글에 잘 어울리는 어법과 장치 등을 골라야겠지요. 사진작가가 구도를 잡고 색깔의 톤을 생각하여 노출을 조절하는 등의 과정과 흡사하다고 할까요.

일단은 이 세 가지로써 저는 시를 판단하고자 합니다. 이 기준은 어떤 문학 이론에서 가져왔다기보다 그냥 경험적으로, 저 나름대로 정한 잣대에 불과합니다. 스승에게 체계적으로 배운 바가 없기도 하지만 그렇다고 무슨 이론서를 꼼꼼히 읽어 보지도 않고 이런 기준을 맘대로 만들어서 들이대는 것은 어불성설이지 않은가 한다면 사실은 변명할 여지가 없지요. 하지만 막노동을 많이 한 사람도 나름대로의 일하는 원칙을 가지고 있다는 것을 생각해 본다면 저의 세 가지 원칙도 순전히 경험을 토대로 자연스럽게 형성된 것이니만큼 나름대로의 일리는 있지 않나 하는 생각을 합니다.

짧은 설명이지만 이 세 가지 원칙을 바탕으로 저의 졸작 「정숙이」를 한번 뜯어 보도록 하지요.

초등학교 졸업하고 한 번도 연락 없던 정숙이
느닷없이 찾아와 정수기 하나 사라네
물 참 좋다기에 할부로 끊어서 하나 사기로 했네
정숙이 정수기 잘 팔겠다고 했더니
물 좋은 데 가야 잘 팔린다고 하네
물 나쁜 데 가면 꼬치꼬치 따지기만 한다네
우리 동네도 물 썩 좋지 않다고 했더니 그냥 웃네
정수기는 역삼투압 방식이라고 하네
이 세상도 벌써부터 역삼투압이 작용하고 있지
않느냐고 했더니 웃기만 하네
또 정수되고 남은 물은 버리는 방식이라고 하네
정수된 물이 삼이면 버리는 물이 칠이라 하네
정숙이 너는 지금 삼이냐 칠이냐 하고 물었더니
그저 웃기만 하네 정수기 파는 정숙이
— 졸시, 「정숙이」 전문

정숙이의 핵심적인 모티브는 정숙이와 정수기의 발음이 같다는 데 있습니다.

저는 이런 모티브가 머리를 퍼득 스치는 데서 시 쓰기가 시작됩니다. 그러면 정숙이와 정수기의 사회적인 관계를 만들어 내고 (사실은 저의 동창 중에 정숙이는 없습니다) 세상이라는 친구에게 들었던 이야기와 결합시킴으로써 의의를 획득하는 절차를 우선으로 하고 머릿속에서 며칠 동안 구상을 하지요. 그러면서 진정성을 획득하기 위해서 정숙이와의 만남에 대한 감정을 만들어 갑니다. 감정을 만든다고 할 때 진정성이 과연 정당한가에 대한 문제가 있을 수 있지만 연기를 하는 연기자가 대본을 보고 감정을 잡듯이 어법을 선택하거나 상황 배치를 하면서 최대한 내 몸에 밀착되는 쪽으로 배려를 해야만 하겠지요.

그 다음은 정원에 나무를 심듯이 시의 주요한 요소들을 시 전체의 공간에 적절히 배치하는 작업을 생각합니다. 이때는 기, 승, 전, 결의 형식을 선택한다거나 아니면 아이러니, 반전, 해학, 풍자 등 여러 형식들, 그도 아니면 스스로 개발한 어떤 형식을 써도 주제를 잘 살려만 낸다면 상관없다고 하겠습니다.

정숙이의 주요 포인트는 첫째 정숙이와 정수기의 발음 관계, 두 번째 물 좋아야 한다는 것, 세 번째 역삼투압 방식, 네 번째 정수되고 남는 물은 버리는 방식입니다. 정숙이와 정수기의 발음 관계는 구체적으로 시를 짓겠다는 마음을 일으키게 한 영감이었습니다. 여기서 이것을 세상이란 친구에게 들었던 이야기에 바탕을 두고 구상을 하게 되는 것이지요. 두 번째 "물 좋아야 한다"는 것에서 정수기의 물이 좋다는 말은 구체적으로 정숙이한테 들었던 내용이고 이것을 잘 사는 동네와 연결시켜 사유한 것이지요. 이때 아이러니가 발생하면서 시의 매력을 높일 수 있다는 것입니다(중의법). 즉 정수기라는 상품이 물 나쁜 곳에서 잘 팔려야 정상인데 오히려 물 좋은 동네(잘사는 동네)에서 잘 팔린다는 것은 아이러니에 해당하지요. 세 번째 "역삼투압 방식"에 대해서는 그러니까 농도가 다른 두 물질 간의 벽을, 투과할 수 있도록 만들면 자연히 삼투압이 작용해서 두 물질간의 농도가 같게 되는 것이 삼투압 현상인데 이것의 반대 현상이 역삼투압 현상이란 가정 하에서 (그러니까 삼투압은 평등을 상징한다면 역삼투압은 불평등 빈익빈 부익부의 현상을 상징한다고 봐도 되겠습니다) 상징적으로 말한 것이지요. 마지막으로 "정수되고 남는 물을 버리는 방식" 또한 정규직과 비정규직 혹은 사회의 소외받는 사람들을 상징한다고 봐야 하겠습니다.

그런 정수기를 파는 정숙이는 내 동창이자 내 친구이자 그가 바로 나인 셈입니다.

제가 설명한 가운데는 진정성과 약간의 거리가 있는 태도에 대해서 의아해 하실 분도 있으리라 생각합니다. 왜냐하면 주도면밀하게 설계하고 짜 맞추는데 어떻게 마음으로 넘쳐 나오는 진정성을 획득할 수 있느냐는 것이지요. 그렇습니다. 그래서 항상 진정성의 결핍에 대해서 살피지요. 가능하면 감정을 고조시키려고 몰입한다든지 어법의 선택을 세심하게 배려한다든지 하게 됩니다. 그래도 이 진정성 문제는 금세 표시가 나게 되지요. 그래서 아주 많이 표시가 나 버리면 아예 시를 표기해야 하는 상황도 있을 수 있지요.

출처 / 〈객토 10집〉

희망을 갖자

칠월은 장마 기간이다. 장마에는 말 그대로 비가 한 달가량 꾸준하게 내려서 땅을 습윤하게 만들어 주어야 한다. 그런데 근년에 들어서 기후 변화가 심각하다. 장마가 사라져 버린 것이다. 올해에도 장마 기간에 제대로 비가 내리지 않았다. 강원도에는 가뭄에 댐이 바닥을 드러내고 사람들은 기우제를 지내는 등 고통을 겪고 있다. 이런 와중에 나타난 태풍은 정말 반갑기만 하다. '태풍아 제발 우리를 덮쳐다오' 이런 심정이다. 순리가 사라지자 역리나마 기다리는 처지가 된 것이다. 그 태풍 중에도 하나는 목 넘김 할 정도로 비를 뿌렸고 나머지는 빗나가 버렸다. 이제 태풍 소식도 들리지 않고 연일 폭염이 이 땅을 태울 듯이 달구고 있다.

그러나 그보다 더 절박한 폭염이 있다. 바로 삶의 폭염이다. 우리가 사는 이 땅에서는 순리가 사라져 버리고 역리가 대세를 장악하지 않았나 하는 생각을 떨칠 수 없다. 이 시대 모순의 총체적인 단면들을 내포한 세월호 사건을 보면서 또한 그 해법을 싸고 벌어지는 일련의 움직임들을 보면서 역리의 회오리를 느낀다. 통일 대박이라는 말을 하면서 경제 효과의 달콤한 상상에만 취해서 몽롱하게 아무런 계획도 실행도 없이 막연히 북한 스스로 주저앉기만 기다리는 사람들, 그리고 '땅콩 회항 사건'에서 드러나는 대기업 문화의 비인격적 천박함의 수준, '진보당 해산'에서 느끼는 왜곡된 법의 정신과 민주주의, '성완종 리스트'에 오른 이른바 사회지도층 인사들의 뻔뻔함, 추악함, 이런 현상에서 느끼는 것은 역리가 순리를 삼키고 있다는 것이다. 인터넷에 떠도는 OECD 통계 수치는 더욱더 기막히다. 좋지 않은 지표는 그의 전부 한국이 1위에 있다. 이런 통계가 진실이건 왜곡된 것이건 그보다 더 앞서는 것은 사회 구성원들의 체감 지수이다. 날씨 온도와 상관없이 느끼는 체감온도가 있듯이 지식이 있건 없건 상관없이 본능적으로 느끼는 사람들의 체감지수가 있다는 것이다. 정부의 정책 발표나 검찰, 법원의 수사나 판결에 상관없이 느끼는 진실의 체감지수는 몸으로 느끼는 것이기 때문에 이 지수에 따라 반응하는 행동 또한 무의식적이다. 경기 체감지수, 부패 체감지수, 희망 체감지수 등등 사회지도층들이 아무리 진실과 청렴을 외쳐도 느끼는 체감지수가 낮으면 사회는 부패하는 쪽으로 빠져들고 만다. 청문회에 참석하는 정부관료 후보자들의 도덕성 검정이 중요한 것은 바로 이 때문이다. 이런 체감지수들은 사람들의 무의식에서 최종적으로 희망 체감지수를 만들어낸다. 희망 체감지수가 높다면 열악한 환경에서도 행복하게 견딜 수 있는 것이 사람이다. 전쟁을 겪은 폐허에서도 이만큼 성장을 이루어 낸 우리의 할아버지 아버지들을 보면 너무도 분명한 사실이다. 그러나 지금 느끼는 것은 역리의 회오리 속에서 희망체감지수가 위험 수준에 도달한 듯 보인다.

사교육과 입시관문 앞에서 찌들어가는 어린 학생들, 이들이 느끼는 희망은 어느 정도일까? 또한 대학을 졸업하고 들어간 직장에서 이른바 열정 페이라는 명목으로 받는 임금의 수준이란 고시촌에 방을 두고 한 달 겨우 입에 풀칠이나 하는 정도였다. 이들 젊은이가 느끼는 희망 체감지수는 어느 정도일까? 젊은이들이 느끼는 희망 체감지수에서 답이 없다면 우리 사회는 절망적이다. 무슨 일이 있어도 젊은이들에게서 발랄함을 잃게 해서는 안 된다. 사랑하게 하고 결혼하고 출산하게 해야 한다. 꿈을 품고 창의성을 발휘하게 해야 한다.

체감한다는 것은 마음으로 느끼는 일이므로 사회에 영향을 주는 피체감자들은 생각으로서가 아닌 마음으로, 진정성으로 일관해야 한다. 그것이 순리일 것이며 생각만으로, 사사로움에 사로잡힌다면 그 어떤 것도 역리가 되는 것이다.

그러나 그래도 우리는 애써 희망을 선택해야 한다. 그것을 놓아버린다는 것은 너무도 쓸쓸한 일이기 때문이다. 막연한 희망은 사람의 생각을 마비시킬지도 모른다. 하지만 절망은 사람의 생각을 황폐화할 것이 분명하다.

불가에서 말하는 수처작주나 일체유심조라는 말을 듣지 않더라도 냉소적인 태도를 돌려서 이웃들과 연대하고 마음을 나누고 뜻을 세워나가는 일을 소박하나마 실천한다면 그 따뜻함 가운데에서라도 분명 희망 체감지수가 상승하지 않을까? 절망을 말하기엔 너무도 아쉽고 가슴 저린 일이므로 그러나…… 그래도.

출처 / 〈객토 12집〉

문영규 시인을 그리며

서정홍(농부 시인)

1

옷깃을 스치고 지나갈 수 있는 인연은 오백 겁, 하루를 같이 보낼 수 있는 인연은 이천 겁, 가까운 이웃으로 살아갈 수 있는 인연은 오천 겁이란 세월이 있어야 한단다. 힌두교에서는 43억 2천만 년을 한 겁이라고 한다. 그렇다면 문 시인과 나는 얼마나 깊은 인연이 있는 것일까? 내가 사는 합천 황매산 기슭 작은 산골 마을에서 문 시인이 사는 거창까지는 차를 타고 가면 사오십 분이면 닿을 수 있는 거리다.

우리는 이렇게 가까운 거리에서 인연을 맺어 몇 년 동안, 서너 달에 한 번쯤 '부부 모임'을 했다. 날짜를 정해 놓고 만난 것은 아니다. 그냥 먼저 보고 싶은 사람이 전화를 하면 거창이나 합천에서 만나 세상 이야기 나누며 밥 한 그릇 먹는 것이다. 서너 달에 한 번쯤 밥을 나누어 먹을 수 있는 인연은 어떤 인연일까? '우리는 사람으로 태어나기 전부터 헤아릴 수 없이 오랜 동안을 만나고 헤어지고, 헤어지고 다시 만났던 사이가 아니었을까?' 이 글을 쓰면서 혼자 곰곰이 생각하는데 유고 시집 속에 있는 시 한 편이 저절로 떠오른다.

잠시 생각 끊고
고요 속에서
나는 살아 있는가 하고
산 자에게 물으니
이미 죽었노라 한다

다시
나는 죽었는가 하고
죽은 자에게 물으니
그대는 아직 살아 있다고 한다

죽지도 살지도 않았으니
죽음도 삶도 없다는 뜻인가
그것이 해탈이긴 할 테지만
—「명상」 전문

문 시인은 이미 삶과 죽음이 따로 떨어져 있는 게 아니라 삶 속에 죽음이 있고, 죽음 속에 삶이 있다는 것을 깨닫고 이 시를 썼을 것이다. 하루하루 죽음이 가까워 올수록 식구들에게 그리고 인연을 맺어온 모든 사람에게 이렇게 말하고 싶었을 것이다.

사랑하는 사람들이여, 나 먼저 떠나거든 기쁜 마음으로 보내 주시기를. 산다는 게 무어 별거 아니더이다. 누구나 잠시 왔다 가는 것을. 부탁하노니 비록 고달픈 삶이지만 서로 어울려 웃고 노래하며 행복한 삶을 누리시라. 행복한 삶을 누리고 싶은 사람은 제발 바쁘게 살지 마시라. 사람으로 태어나 가장 몹쓸 짓이 바쁘게 사는 것이니.

우리는 어디서 와서 어디로 가는지도 모르고 '경제성장'이라는 무서운 괴물한테 홀려 바쁘게 바쁘게 살아왔지 않은가? 이렇게 바쁘게 살아서야 어찌 늙으신 부모 어깨 한 번 두드려 드리겠는가? 가난하고 쓸쓸한 형제와 이웃들을 만나 위로의 말 한 마디 건넬 수 있겠는가? 삶에 지친 아들딸이 길을 헤맬 때 손 한 번 따뜻하게 잡아 줄 수 있겠는가? 우리는 바쁘다는 핑계로 소중한 것을 다 잃고 산 것은 아닌가?

큰 부를 얻은 사람을 죄악시하며 한 인간의 위대함을 '그가 얼마나 남을 위해 봉사했는가'로 측정하는 인디언들의 문화와 가치를, 그 평범한 진리를, 알면서도 바쁘다는 핑계로 모른 척 하고 살았으니 어쩌면 좋단 말인가? 사랑하는 사람들이여! 나 먼저 떠나거든 살아서 못 다 이룬 꿈을 그대들이 이루어 주시기를…….

아직 해야 할 일이 많고, 하고 싶은 일도 많은 나이에, 시인은 쓸쓸하고 먼 길을 홀로 떠나갔다. 자기 목숨보다 더 아끼던 아내 박호석 님을 두고, 눈에 넣어도 아프지 않을 아들 형곤이와 딸 예란이를 두고, 속맘 털어놓고 밤을 새던 정든 벗들을 두고 시인은 떠났지만, 시인이 쓴 시가 남아 있어 우리는 그 시를 읽으며 시인을 만난다.

2

2002년에 펴낸 첫 시집 『눈 내리는 저녁』에 발문을 쓴 정규화 선생님(시인)도 먼 길을 떠났다. 지금쯤 문 시인과 만나 시 한 편 읽고는 막걸리 잔을 주거니 받거니 하다 거나하게 취해 있을지도 모를 일이다. 아래 글은 발문 가운데서 뽑았다.

"그 외롭고 고통스러웠던 밤들을 공부하는 데 쏟은 그는 우리 주변에 격랑의 소용돌이가 몰아치던 80년대에 통신고등학교와 통신대학(국어국문학과)을 마쳤다. 참으로 장한 일이다."

"문영규의 시는 늘 땀이 배어 있다. 그가 일하는 사람이기 때문이다. 시는 무엇보다 진실한 것이다. 시에서는 거짓말을 할 수가 없다. 거짓말로 쓴 시는 바로 알 수 있다. 우리 시대의 건강한 시란 어떤 것일까. 아는 사람만이 시를 읽는 슬픈 시대가 왔다. 하지만 문영규처럼 온몸으로 시를 쓰는 사람이 늘어날수록 시는 다시 우리 생활 속에 파고 들 것이다. 시란 영혼의 양식이다. 진실만이 담겨 있기 때문이다. 문영규는 분명히 한 사람의 시인으로 그 책임과 사명을 다 할 것이다."

발문 가운데 "문영규는 분명히 한 사람의 시인으로 그 책임과 사명을 다 할 것이다."라는 부분을 읽는데, 어쩐지 가슴이 먹먹해진다. 그 '책임과 사명을 다 하려고 스러져가는 목숨을 부여안고 시를 썼단 말인가?' 시가 무엇이기에?

이번 달까지는 어떡하든지
납품을 해야 한다
글피면 벌써 이달도 마감
가정의 날 수요일도
오전 근무 토요일도 없이
철야에 특근이다

일을 위해서 사는 건지
살기 위해서 일하는 건지
뭐가 뭔지 모르겠고
한 가지 확실한 건
낙이 전혀 없다는 것이다

뿌라겟뜨, 기아, 핸들, 커버, 레바, 샤프트
밤낮으로 깍은 쇳덩이
차야 찌그러져라 타이어야 터져라
핸들이 팽팽하도록 한 차 실었다

조질나게 날씨는 또 왜 이리 더운지
땟국물이 눈으로 파고든다

시장기가 도는 걸 보면
점심때도 다 된 모양
깐깐한 수입검사 기분 구슬리며
납품 마치고 나니
씨부랄, 팔다리에 쥐가 내린다

시계를 보니 벌써 오후 두 시
먹을 것부터 먹고 보자 싶어
해장국집 앞에 차를 세웠다
아지매 먼저 막걸리 한 병 주고
밥은 된장찌개로 해 주이소

땀을 닦으며 숨을 고르는 사이
막걸리가 나오고,
냉장고 성능은 괜찮은 모양
시원한 막걸리 한 사발을
입 안 떼고 들이켰다

이윽고 바글바글 끓는 된장찌개와
고실고실한 밥 한 공기가 나오고
수저를 번갈아 쓸 틈도 없이
주린 배를 채우고 나니
밥 서너 숟갈과
막걸리 한 잔이 남았다

막걸리를 마시면 밥을 남겨야겠고
밥을 다 먹으면 막걸리를 남겨야겠는데
순간, 나도 모르게
손이 막걸리 잔을 잡았다

밥은 남기고
막걸리는 비웠다
—『눈 내리는 저녁』「노역일기」 전문

이렇게 "가정의 날 수요일도 / 오전 근무 토요일도 없이 / 철야에 특근"을 해 본 사람은 안다. 왜 "밥은 남기고 / 막걸리는 비웠"는지. "일을 위해서 사는 건지 / 살기 위해서 일하는 건지 / 뭐가 뭔지 모르겠고 / 한 가지 확실한 건 / 낙이 전혀 없다는 것"을.

첫 시집이 나오던 2002년이나 14년이 지난 지금이나 현실은 나아진 것이 하나도 없다. 아니, 날이 갈수록 노동자들의 삶은 불안하고 어두울 뿐이다. 어찌하면 좋단 말인가. 시인의 병은 "낙이 전혀 없"는 그때부터 천천히 깊어졌을 것이다. 착한 것 말고는 자랑할 게 없는 가난한 시인의 목숨을 앗아간 자들은 누구란 말인가? 아래 시를 읽어 보자. 큰 제목은 「상남동 장날」이고, 작은 제목으로 '십오대 국회의원 선거'라고 적혀 있는 시 일부분이다.

> 이제는 도덕정치를 해야만 합니다
> 진실을 실천하는 참일꾼을 뽑읍시다
> 믿고 맡겨 주십시오 열성을 다해 뛰겠습니다
> —『눈 내리는 저녁』「상남동 장날」에서

그들은 지금도 열성을 다해 뛰고 있을 것이다. 누구를 위해서? 명예와 권력을 위해서 아니면 돈을 위해서? 아무도 모른다. 그들이 무엇을 위해 열성을 다해 뛰어다니는지. 다만 우리가 정확하게 알 수 있는 것은, 그들은 가난한 사람들이 마음 놓고 기댈만한 언덕이 아니라는 것이다. 시인은 이미 알고 있었다. 밥보다 술이 더 술술 넘어갈 수밖에 없는 쓸쓸한 세상에서는 "낙이 전혀 없다는 것"을.

이렇듯이 첫 시집에서 보여 주는 노동자의 삶은 쓸쓸하다. 쓸쓸하지만 정겹다. 왜냐하면 가난한 살림살이지만 "해진 살림 기우고 / 바닥난 쌀통 채우는 사이 / 우리의 사랑도 기워"온 아내와 아이들이 있기 때문이다.

당신과 나는
저렇게 삽시다
날마다 서로에게
살깍 살깍
눈길로 마음으로
가위질 해 주어
언제나
나자막이 가지런히 삽시다

키 큰 홍단풍나무
바람에 흥건히 나부낄 때에도
우리 언제나
나지막이 가지런히
흔들리지 말고

마침내
한 그루인지 두 그루인지
모르도록
—『눈 내리는 저녁』「회양나무 화단」 전문

3

2002년에 첫 시집 『눈 내리는 저녁』을 펴내고, 2014년 두 번째 시집 『나는 지금 외출 중』을 펴내기까지는 12년이란 세월이 지났다. 시인은 "오는 길에 나도 모르는 사이 몸이 균형을 잃고 흔들렸습니다. 몸은 흔들려도 마음은 흔들리지 않으려 시를 붙들고 살았습니다."

라고 말한다. 날이 갈수록 병이 깊어 가는데 어찌 몸이 흔들리지 않을까. 그래서 안간힘을 쓰며 시를 붙들고 살았는지 모른다. 마음 놓고 기댈 수 있는 언덕이라고는 시밖에 없다는 것을 깨닫고부터, 더욱 쓸쓸하고 핼쑥해졌을 시인의 얼굴을 떠올려 본다. 쓸쓸한 가을바람 부는 오늘 같은 날, 아들 형곤이가 제 손으로 문을 연 작은 식당에 함께 앉아 막걸리 한 잔 나눌 수 있으면 얼마나 좋으랴. 무정하게 먼저 떠난 벗을 생각하니 가슴이 미어진다. 아픈 몸으로도 틈만 나면 전화를 걸어 오히려 나를 위로하던 벗이었는데…….

"서 시인, 농사철인데 가서 일손 거들지도 못하고 미안합니다. 꼭 일손 필요할 때 연락바랍니다. 달려가겠습니다."

"말씀만 들어도 마음 든든합니다. 틈을 내어 맛있는 밥이라도 나누어 먹지요."

"언제 만날까요? 이번에는 제가 합천 황매산 자락으로 가겠습니다. 몸이 아파 일손은 돕지 못해도 저녁밥은 제가 대접하겠습니다."

"문 시인님, 대접이라니요! 이번에는 제가 사겠습니다. 시는 부지런히 쓰고 계시는지요? 요즘 쓴 시를 다 가지고 만나지요. 저도 쓴 시가 있으니 준비하겠습니다. 고치고 다듬을 데가 없는지 서로 살펴보면 좋겠어요."

단 한 사람, 가까이서 부끄러움을 드러내놓고 시를 이야기할 수 있는 사람, 가까운 이웃이고 벗이며 동지인 문 시인은 떠나고 없는데, 나만 혼자 여기에 남아 이 글을 쓴다.

> "그에게 시는, 시작時作은, 힘든 세상을 살아가는 도정에서 극심하게 흔들리고 요동치는 마음의 갈피를 추스르되, 무엇이 그리고 어떻게 살아가는 삶이 참으로 진실된 삶을 사는 것인가를 성찰하고 그렇게 깨

우친 그 무엇을 삶의 현실에서 몸소 수행하는 삶의 도량과 다를 바 없다."(해설 「젊고 드넓은 마음밭을 일구는」 가운데)

위 글처럼 시인은 어떻게 살아야 "참으로 진실된 삶을 사는 것인가를 성찰하고 그렇게 깨우친 그 무엇을 삶의 현실에서 몸소 수행" 하려고 애쓰며 살아왔다. 자기 몸이 아프면 모든 게 귀찮아지는 게 사람 마음인데, 아픈 몸으로도 무엇 한 가지라도 더 하고 싶어 애쓰는 모습이 어찌 안쓰럽지 않으랴.

어느 여름날이었다. 우리 집에 문 시인이 찾아왔다. 마당 앞에 곱게 핀 채송화를 보더니 가만히 앉아 한참을 보고 있었다. 마치 기도하는 성자 같았다. 그리고 며칠 뒤에 시를 보내왔다.

이런 풍경을 보았다
어느 가난한 시인의 집 축담에
자연석 돌계단 틈 사이에 핀 채송화
마침 내가 갔을 때
빨간 꽃 세 송이가
나란히 나를 쳐다보고 웃었다

손님을 맞는 인사가
이렇게 해맑을 수가 있나
마주 인사를 받아
그 자리에서
큰절이라도 하고 싶었다

아, 이제
이렇게 아름다운 풍경을 보았으니
무슨 여한이 있으랴
—『나는 지금 외출 중』「채송화」 전문

보내온 시를 읽고 나서 채송화를 보았다. 나는 날마다 저렇게 곱게 핀 채송화를 보면서도 한 번도 "나란히 나를 쳐다보고 웃"는다고 생각해 본 적이 없다. 한 번도 "이렇게 아름다운 풍경을 보았으니 / 무슨 여한이 있으랴" 하고 느끼지도 못했다. 그런데 시인은 채송화를 단 한 번 보고는 "손님을 맞는 인사가 / 이렇게 해맑을 수가 있나 / 마주 인사를 받아 / 그 자리에서 / 큰절이라도 하고 싶었다"고 한다. 하루에도 몇 번씩 삶과 죽음을 넘나드는 아픔을 뛰어넘지 않고서야 어찌 이렇게 맑은 마음을 가질 수 있겠는가.

나는 이 시를 읽고 나서부터 채송화를 볼 때마다 시인이 떠오른다. 십 년만 더 살다 갔어도 아니, 오 년만 더 살다 갔어도 이렇게 마음 쓰리지는 않을 텐데 말이다.

지난해 여름, 〈객토문학 동인〉 모임이 있다는 소식을 듣고 문 시인에게 전화를 걸었다.

"문 시인님, 오랜만에 콧구멍에 도시 바람을 넣어 보고 싶은데요. 객토문학 동인 모임에 같이 가시렵니까?"

"같이 갈 수 있느냐고 제가 전화를 걸려고 하는데 마침 전화가 왔네요. 농사일 바쁠 텐데 같이 갈 수 있겠습니까?"

"농사일이야 오늘 못하면 내일 하면 되지요. 요즘은 풀매는 시기라 틈을 낼 수 있습니다."

"그럼 조금 일찍 만나서 이런저런 이야기도 나누면서 천천히 가지요.”

그 만남이 마지막이 될 줄은 나는 몰랐지만, 문 시인은 잘 알고 있었는지 모른다. 왜냐하면 나와 합천에서 만나 같이 마산으로 간다는 말을 옆에서 들은 부인 박호석 님이 내게 전화를 했기 때문이다.

“서 시인님, 우리 신랑이 말을 안 들어요. 요즘 병이 깊어 앉아 있기도 힘든데 자꾸 마산 가겠다고 고집을 피우네요. 못 가게 좀 해 주세요, 내 말은 듣지 않으니 서 시인님이 좀 말려 봐요.”

나는 이러지도 못하고 저러지도 못한 체 망설이고 있는데 문 시인이 집에서 출발한다며 전화가 왔다. 운명은 하늘에 맡기고 우린 천천히 아주 천천히 차를 몰고 마산에 닿았다. 문 시인은 모임 시간이 아직 두어 시간 남았으니 마산 앞바다 구경 한번 하자고 했다. 오랜만에 와 보는 내 고향 마산 앞바다는 옛날이나 지금이나 여전히 물결이 치고 갈매기 날아다녔다. 우린 아름다운 영화를 찍는 배우처럼 다정스레 바닷가에 앉아 지난 이야기를 주고받았다. 원래 말이 많지 않던 문 시인은 그날 따라 지난 어린 시절 이야기를 소설처럼 풀어놓았다. 한 마디 한 마디가 어찌나 슬프고 안타까웠던지 지금 생각해도 가슴이 미어진다.

어느 날

물 빠진 고향의 등뼈를

산 위에서 내려다보았다

고향의 잔해가

저녁 햇살 아래

하얗게 빛나고 있었다

백골이 진토 되고 있었다
—『나는 지금 외출 중』「수몰촌 1」 전문

빙어 떼가 산다는
저 차가운 물 밑으로는

아직도

수몰촌 사람들
가슴속에 쌓인 그리움이
흘러 흘러 물 바닥에
쌓여만 간다
—『나는 지금 외출 중』「수몰촌 5」 전문

나는 그날 처음 알았다, 문 시인 고향 마을인 합천군 대병면 상천리가 합천댐 공사로 수몰되었다는 것을. 대병면은 내가 살고 있는 가회면과 붙어 있어 이십 분만 차를 타고 달리면 닿을 수 있는 곳이다. '12년 전에 내가 가회면으로 귀농을 한 것도 어쩌면 이런 인연 때문인가?' 혼자 이런 생각을 하는데 벌써 저녁노을이 붉게 타오르고 있었다. 그리고 며칠 뒤, 문 시인이 대구 가톨릭대학병원 무균실에 입원했다는 소식을 들었다.

4

문 시인이 남기고 간 '유고 시집' 원고를 메일로 받아놓고 나는 이 주가 지나고 삼 주가 지나도록 열어보지 않았다. 열어 볼 자신이 없었다. 누군가가 이미 떠날 것을 알고 쓴 원고를, 그것도 아주 가까운 벗이 쓴 원고를 읽을 생각을 하니 눈물부터 먼저 나올 것 같아 쉽게 용기가 나지 않았다. 이것도 내게 주어진 마지막 인연이라 생각하고 나서야 시를 읽었다.

차 들어오면
주유 마개부터 연 다음
얼마나 넣겠냐고 하면
삼만 원, 오만 원이 많고
가끔 칠만 원도 있지만
고급 차들은 대부분 가득이라고 한다
꽉이요 하는 사람
만땅이요 하는 사람도 있지만
어쨌든 가득은 좀 피하자
가득 넣을 수 있지만
얼마간 비워 두는
지혜를 발휘하자

가득이 벅찬데도
가득이라고 고집한다면 오히려 빈약일 뿐

가득 찼음에도 텅 빈 느낌은 얼마나 핼쑥하냐
비워 두고 있지만 가득 찬 것은 위대하다
그러므로
수혈 받는 핼쑥한 나의 빈약을
사람들은 벌써 눈치 챘을 것이다
—「주유소 일기 4」 전문

이 시를 읽으면서 지난해 있었던 일이 떠올랐다. 내가 오랜만에 저녁밥 같이 먹자며 전화를 걸었는데, 돈이라도 벌겠다며 주유소에 일 나간다는 시인의 말을 듣고 가슴이 울렁거렸다. 아픈 몸으로 어찌 하루 종일 기름 냄새 나는 주유소에서 일할 생각을 한단 말인가. 나는 자동차 기름을 넣을 때, 어지러운 기름 냄새 때문에 버릇처럼 문을 닫는다. 기름 값 계산할 때만 잠시 문을 연다.

시인은 이런 못난 나를 두고 말했을 것이다. "가득 찼음에도 텅 빈 느낌은 얼마나 핼쑥하냐 / 비워 두고 있지만 가득 찬 것은 위대하다"라고.

서울의 대학 병원 입원실
마침 창 쪽 침대를 받아 누워서는 바깥을 보노라니
맞은편 산 밑 빌라 뒤쪽으로 양지바른 언덕에 볼록볼록
봄볕 쬐는 무덤들, 다보록한 측백들, 아직은 까아마니 섰는
아카시아 우듬지 그 위에 까치둥지에는 늙은 까치 부부
자식들 키워 다 내보냈는지 아무런 기척 없고 그 너머
굴참나무 이파리는 이제 연초록인데 등산로 옆에 까치집 같은
작은 슬레이트 집들 몇 채 젊은 부부 사는지 빨랫줄엔

아기 옷들, 이끼 낀 담장 아래 장미 덩굴에서는 새순이 돋는데
포클레인 소리 웅웅 불안하게 들리던 그 곳
주사 바늘을 뽑고는 그 위 아랫동네를 숨이 차도록
오르락내리락하다가 다시 약병에서 떨어지는 약 방울 세다가
혈압 체크하는 간호사에게 팔을 맡기고는 혈압이 약간
높다는 말에 건성으로 고개를 끄덕이며
이슥고 병실의 등을 켜자 바깥 풍경은 사라지고
시선을 거두어 환우들을 한 번 바라보고는
이불을 끌어당겨 모로 누우며
—「입원실에서」 전문

뻔질나게 드나들면
결국엔 내 집 되겠지
하얀 십오 층 건물에 박사들이 많고
나를 위해 검진하고
판독하고 처방하고
나를 요구하고 예약하고
예정하고

하얀 옷을 입고는
청진기를 가슴에 갖다 붙이며
하얀 알약을 처방한
하얀 종이를 건네며
4주 뒤에 또 보자며
안경알 너머 눈동자가

나를 돌려세울 때
창백한 얼굴로 인사하고

하얀 건널목을 건너면서
새로 받은 주머니 속의
하얀 4주의 생을 가만히 만져 보며
—「하얀 꿈」 전문

나는 밀양에 사는 이응인 시인과 대구 가톨릭대학병원 무균실에 입원해 있는 문 시인을 만났다. 그날, 그 만남이 마지막이었다. 며칠 지나면 괜찮을 거라고, 아무 걱정 마시라고, 오히려 멀쩡한 우릴 위로하던 시인은 "창백한 얼굴로 인사하고"는 우리 곁을 떠나갔다. "까치둥지에는 늙은 까치 부부 / 자식들 키워 다 내보냈는지 아무런 기척 없고 그 너머 / 굴참나무 이파리는 이제 연초록인데 등산로 옆에 까치집 같은 / 삭은 슬레이트 집들 몇 채 젊은 부부 사는지 빨랫줄엔 / 아기 옷들, 이끼 낀 담장 아래 장미 덩굴에서는 새순이 돋는데" 시인은 다시 온다는 기약도 없이 떠나버렸다.

시인은 마지막 그날까지 "죽었다 깨어나도 / 어쩔 수 없는 시인"이라고 말한다. "시인은 젖은 몸으로 세상을 닦"아야 한다고 말한다. 그렇게 살다 "그 몸마저 / 바람 따라" 떠난 시인이 쓴 시가 있다.

꽃은
나무가 쓴 시

영산홍은 봄날

푸른 몸으로 붉은 시를 쓰지만

담쟁이는
푸른 몸으로 푸른 시를 쓴 뒤
가을이 오면
붉은 제 몸으로 시를 쓰고는
그 몸마저
바람 따라 가네
—「시」 전문

5

진리를 따르는 사람은 늙음 따위에 마음 쓰지 않으며, 자신을 영원한 젊은이로 여겨 미래를 두려워하지 않는다고 한다. 우리는 먹고사느라 몸과 마음이 지쳐 진리를 알면서도 따를 생각도 못하고 산다. '참 바쁘게 살았구나! 왜 이렇게 바쁘게 살았지? 셋방에서 전세방으로, 전세방에서 작은 집 한 채 마련하느라 자식 녀석이랑 국외는 물론 몇 박 며칠짜리 국내 여행조차 못 갔다. 아니, 좋은 영화나 연극은 몇 번이나 함께 봤을까?' 손가락으로 꼽기가 부끄러운 게 이 땅에서 살아가는 평범한 아버지들의 모습이다.

문 시인도 한 평생을 그렇게 살아왔을 것이다. 일터에서 쫓겨나지 않으려고 온갖 눈치 다 살피며 그저 고개 숙이고 살아왔을 것이다. 가정을 지키기 위해서 말이다. 그렇게 살면서도 꿈을 잃지 않으려고 시를 썼을 것이다. 시를 쓰면서 나처럼 아름다운 꿈을 꾸었을 것이다.

새벽에 일어나 누군가를 위해 간절히 기도하고, 오전엔 세상 걱정 모두 내려놓고 땀 흘리며 나무를 심고 밭을 가꾸리라. 오후엔 책을 읽으며 마음을 닦고, 해가 지면 아이들을 만나 슬기로운 옛 이야기 들려주고, 함께 시를 쓰고 노래를 부르리라. 짬을 내어 젊은이들과 어울려 지난날을 거울삼아 앞날을 이야기하고, 마음 나눌 벗을 만나 술 한 잔 나누리라.
틈만 나면 맨발로 흙을 밟으며, 나무를 끌어안아 보고, 나무에 기대어 낮잠도 자리라. 키 작은 들꽃과 이른 아침부터 잠을 깨우는 새들과 이야기를 나누고, 흐르는 물소리에 귀를 기울이며, 가만히 하늘을 보리라.
두 번 다시는 허둥거리며 살지 않으리라. 무슨 일을 하든, 누굴 만나든 따뜻한 마음을 잃지 않으리라. 외로움에 지친 이들에게 자주 편지를 쓰고 좋은 책을 선물하리라. 살다 보면 어찌 눈물 마를 날이 있으랴마는, 그 눈물로 메마른 세상을 흠뻑 적실 수 있다면 얼마나 좋으랴.

이 소박한 꿈마저 이루지 못하고 떠난 시인을 생각하며, 이제 시인과 맺은 마지막 인연을 놓을까 한다. 시인의 말대로 인연을 놓는다고 놓아지는 게 아니다. 놓으려고 마음먹을수록 더 깊이 인연을 맺을 테니까 말이다.

아침저녁으로 가을바람이 분다. 고달픈 하루 일을 마치고 가을바람 부는 낮은 언덕에 앉아 시인과 막걸리 한 잔 나누고 싶다. 머지않아 만날 수 있으리라. 부디 그날까지 평안하시라.

故 문영규 시인 연보

1957년

음력 1월 10일 경남 합천군 대병면 상천리에서 아버지 문옥생 님과 어머니 유수덕 님의 4남 1녀 중 넷째로 태어났다. 이 시기, 베이비부머 세대로 태어난 이치고 어렵지 않은 사람이 있었겠는가만 가난한 농촌의 상황이라 더 어렵고 힘든 인생의 시작이었다.

1964년

합천 대병초등학교 입학. 어릴 때는 유순하고 남에게 해로운 일은 도무지 할 줄 모르는 순둥이였다고 그를 아는 사람들은 말한다.

1973년 합천 대병중학교 졸업

다들 그랬듯이 어려운 가정 형편이었지만 아름다운 합천의 자연 풍광 속에서 글쓰기를 즐기고 생각을 깊이 하며, 고등학교 진학의 꿈을 키우면서 중학교를 졸업했다. 하지만 고등학교 진학은 형편상 어려워지고, 가난한 살림이지만 집안일을 도우며 지낸, 정신적으로 힘들고 어려웠던 사춘기를 보냈다.

1978년~83년까지

창원의 금성산전 통일중공업에서 일했다. 그야말로 공장 노동자 생활을 한 시기인데, 현장의 어려움은 물론이고, 사회의 편견과 차별로 인한 고통과 싸우느라 더 힘이 든 시기였다. 그러면서 노동의 고귀함과 참뜻을 깨닫게 되며, 노동자의 열악한 처우에 눈을 뜨기 시작, 노동자의 권리와 의무를 심각하게 생각했다. 틈틈이 책을 가까이하고 글쓰기에 재미를 붙여갔다.

1983년

죽산 박 씨 호석 님과 결혼했다. 스물일곱이었으니 세상의 쓴맛과 단맛을 알아가는 시기였다고 할까. 돈 없고 힘없는 촌놈이지만 나를 이해해 주고 사랑하는 사람이 생겼다는 점에서 희망을 품고 힘을 내던 시기였다. 박정희의 오랜 독재가 끝나고 다시 제2의 군부독재가 진행되던 밥맛은 물론이고 술맛도 없던 때였지만.

1984년

아들 형곤이 태어났다. 잘 키워 우리처럼 어렵게 살지 않도록, 사람답게 살 수 있도록 하자며 부부가 밤새 이야기를 나누었다. 힘들고 어려운 시기였지만 미래의 꿈을 착실히 만들어갔다. 아들도 건실하게 자라 '헬조선'이라는 우리 사회에서도 그 역할을 충실히 이행하고 있다.

1986년

딸 예란이 태어났다. 예쁘고 똑똑한 아이로 키워, 양성평등의 아름다운 사회에서 살도록 해 주고 싶었다. 언제나 세상은 햇살보다 어둠이 가까이 있지만 부부의 바람대로 자립심이 강하고, 지금도 자기계발을 꾸준히 하고 있는 딸이다.

1988년

일을 하면서 항상 생각하던 배움에 대한 열망을 실현하기 위해 방송통신고에 입학, 일과 학업을 병행한 끝에 졸업했다.

1994년

고등학교 졸업장을 손에 쥐자 대학에 대한 열망이 더 커져 대학에 진학하고자 했으나, 언제나 그렇듯 세상은 만만하지 않았다. 그래도 포기하지 않고, 몇 년이 지나 방송통신대에 입학하고, 그렇게 힘들다는 방통대 졸업장을 받았다.

이때가 1990년을 전후한 시기였는데 그야말로 우리 사회는 민주화에 대한 열망으로 들끓던 시기였다. 공장과 학교, 노동자와 학생이라는 특수한 환경 아래 함께 만나게 된 사람들(이규석, 배재운, 표성배, 정은호, 이상호)과 먹고사는 일과 배움에 대한 열망, 살벌한 노동 현장의 아픔을 나누며 문학에 대한 열정을 키워나갔다. 마산 육호 광장, 코아 앞 불종거리, 창동 네거리에서 외치고 뛰고 숨으며, 막걸리 잔을 부딪치며, 마음과 마음을 뭉쳐 〈객토문학회〉를 결성했다.

나중에 〈객토〉 동인으로 발전하게 되고, 문학과 운동에 대한 고민도 한께 나누면서, 마창민예총 활동도 하고, 소책자 『북』을 10호까지 발행하는 데도 일조했다. 2000년에 첫 동인지 『오늘 하루만큼은 쉬고 싶다』를 내고, 다음 해 『퇴출시대』, 그 뒤에 『부디 우리에게도 햇볕 정책을』 등을 냈다.

또한 기존 동인지 형식의 틀을 깨면서 폐쇄적인 동인 활동이 아니라 시대의 요구에 적극 부응하고 참여하는 의미의 동인 기획 시집으로, 미국의 이라크 침략 반대 시집 『그곳에도 꽃은 피는가』, 팔만

대장경을 통한 평화 옹호 시집 『칼』, 자본의 무차별적 공격에 맞서 분신자살한 배달호 열사 추모시집 『호루라기』, 한미에프티에이 반대 시집 『쌀의 노래』와 『88만원 세대』, 『가뭄시대』 등을 펴내는 데도 힘을 보탰다.

자본의 힘에 밀려 지금은 표성배와 정은호를 제외한 모든 동인들이 직업을 바꾸었지만 시인은 좀 더 폭넓고 깊은 눈으로 세상과의 소통을 시도하며, 낮지만 끊어지지 않는 목소리를 통해 노동 현장과 소외받는 사람들의 삶에 관심을 가졌으며, 삶과 시의 일관성을 위해 애썼다.

1990년

근무하던 회사를 그만두고 사무기기 배가 대리점을 오픈했다. 그러나 시인의 사업은 그리 순탄하지 않았다. 순둥이였던 그가 살벌한 사업 현장에서 받은 고통은 상상을 초월하는 것이었다. 어려웠지만 그럭저럭 몇 해를 버텼다.

1995년

마창노련문학상을 수상하며 본격적인 작품 활동을 시작했다. 그동안 〈객토〉를 통해 다져진 그의 시력詩歷은 결코 허술하지 않았던 터라, 많은 문인들과의 교류를 통해 내적 역량과 외양 확대에 힘을 쓰고, 다양한 독서를 통해 문학적 성취를 이루어갔다. 창원 지역의 노동 현장을 소재로 한 시 등을 발표했다.

1995년

사업을 접고 다시 창원 지원정밀에서 근무하기 시작한다. 생활의 어려움을 안고 현장으로 돌아온 그의 삶, 고단한 삶의 스트레스는 얼마나 집요했을까. 평소 말이 없던 그의 성격대로 그것을 안으로만 삭이며, 모든 면에서 곤란을 겪어온 그는 스스로 건강을 챙길 수가 없었다.

1997년

삶에 치여 건강검진도 제대로 받지 못한 그에게 갑자기 찾아온 병마(신경성 스트레스)로 인해 모든 것을 정리해 거창으로 이사한다. 시인은 그곳에서 아내의 극진한 보살핌과 요양으로 건강을 회복했다. 그는 이 시기에 책을 많이 읽고 정말 공부를 많이 했다고 이야기한 적이 있다.

1998년

김해화 시인의 추천으로 〈일과 시〉 동인 4집부터 활동하였다. 동인지 4집 『사람이 그리운 날』에 작품 「노역 일기」 외 9편을 발표하였다. 2001년 동인지 6집 『연둣빛 새순』에 시 「애조」 외 7편을 발표하며, 2005년 동인지 8집 『저 많은 꽃등들』에 시 「명태」 외 4편을 발표하였다.

2002년

제1시집 『눈 내리는 저녁』을 도서출판 갈무리에서 출간했다. 문학과 일을 병행하며 15년 만에 결실을 보게 된 것이다. 〈객토〉 동인을 비롯한 가까운 사람들과 조촐한 출판기념회도 열어 회포를 풀기도 했다.

2003년

어느 정도 몸을 회복한 후 거제조선소 하청 회사에서 다시 일을 시작했다. 아직 나이가 있고, 건강도 회복했으니 마땅히 그랬겠지만, 가족의 삶을 책임진 가장이 아닌가. 이때 좀 더 요양을 했어야 했는데…….

2007년

폐암(흉선 암)말기 판정을 받고 투병 생활을 시작했다. 끝까지 삶은 평탄하지 않나 보다 생각하면서도 이겨내리라, 이까짓 거 이겨내리라 다짐하며 병마와 싸움을 시작했다. 그래선지 거창의 집에서 요양과 치료를 병행하여 많이 호전되었다. 왕성한 작품 활동에다, 거창에서 창원의 모임에 참석할 정도까지 건강이 회복되어 동인들에게 희망을 보여 주기도 했다.

시「아마 모를 거야」 외 1편을『시와 문화』 가을호에 발표했다.

2009년

『전태일 기념 시집』 등에 작품을 발표하며, 〈일과 시〉 동인으로 활동했다.

2013년

거창읍에 있는 화성 주유소에서 아르바이트로 용돈을 벌며 삶에 대한 희망을 쌓아갔다. 이 시기 함양에 자주 다녀갔던 시인 이월춘과 거창 용추폭포 등에서 추억을 쌓기도 했다.

2014년

제2시집 『나는 지금 외출 중』을 푸른 사상에서 출간했다. 투병 중이었지만 시를 쓰는 일은 중단할 수 없었다. 그의 인생에서 가장 시간이 많을 때였으니 시작 활동도 아마 가장 왕성했을 것이다. 그 결실이 이 시집에 실리는 유고 작품들이다.

2015년 8월 12일

두 번째 시집을 펴낸 지 불과 1년여 만에 그는 암을 이겨내지 못하고 대구 가톨릭대학병원 무균실에 입원하게 된다. 그러나 병문안을 간 이규석, 표성배, 최상해, 이상호 시인 등에게 퇴원하면 밥 사겠다는 약속은 끝내 이뤄지지 않았다. 시인의 길지 않은 인생에 모두들 안타까움을 금하지 못했다.

2015년 10월 9일

향년 59세로 영면에 들었다.